전설의 바다

전설의 바다

2024년 8월 30일 초판 1쇄 인쇄 발행

지 은 이 ㅣ 김상곤
삽   화 ㅣ 진홍만
펴 낸 이 ㅣ 박종래
펴 낸 곳 ㅣ 도서출판 명성서림

등록번호 ㅣ 301-2014-013
주   소 ㅣ 04625 서울시 중구 필동로 6 (2, 3층)
대표전화 ㅣ 02)2277-2800
팩   스 ㅣ 02)2277-8945
이 메 일 ㅣ ms8944@chol.com

값 15,000원
ISBN 979-11-94200-19-2

한국해양문학상 수상작품

전설의 바다

김상곤

도서
출판 명성서림

작가 소개

1994년 한국수필 신인상으로 수필을 쓰기 시작했고, 1999년 부산일보 신춘문예 동화당선으로 동화도 쓰게 되었으며 문학도시에 소설신인상을 받게 되어 소설도 쓰게 되었습니다.

받은 상으로는 1998년 국무총리 표창, 2004년 한국농촌문학상, 2008년 부산아동문학상, 2010년 한국해양문학상, 2019년 부산문학상, 2021년 망운문학상 등이 있습니다.

저서로는 수필집『가을의 창가에서』『자갈치』『어느 날 어느 하루』『어촌설화 백과』등이 있으며, 동화집으로는『웅어의 전설』『아롱이의 마지막 산책』『바다왕국』『인어는 어디로 갔을까』등이 있고 소설집으로는『짧은 소설 긴 소설』등이 있습니다.

문학 활동으로서는 한국수필 이사, 부산문인협회 자문위원, 한국문인협회 해양문학 연구위원, 가산문학회장, 사하문학협회 회장, 화전문학협회회장을 하였습니다.

차 례

1. 어초할아버지가 된 폐선

바다가 일렁거렸다. 해초도 따라 일렁거렸다. 갈매기들과 물떼새들이 바다 위를 어지럽게 날았다. 함박눈처럼 부드럽게 내려 비치던 햇살도 빠르게 흐르는 구름 속으로 묻혀갔다.

바다가 심상치 않았다. 먼 바다로 먹이를 찾아 나갔던 고기들도 바쁘게 집을 찾아 들었다.

소풍을 나왔던 왕눈이볼락도 어린 것들을 불러 모았다.

"얘들아! 가자. 아무래도 폭풍이 오는 것 같다."

"엄마, 조금만 더 놀다 가면 안 돼?"

"안 돼. 파도에 떠밀려 집으로 돌아가기 힘들어."

왕눈이볼락은 집이 있는 암초마을까지 가려면 아무래도 서둘려야 한다고 생각 했다.

바다는 점점 크게 일렁거렸다. 어린 왕눈이볼락들은 파도를 이기지 못해 이리 저리 떠밀리며 흩어졌다.

"얘들아, 힘을 내. 흩어지면 안 돼."

왕눈이볼락은 어린 것들이 흩어지는 것이 불안했다. 파도에 떠밀려 집을 찾지 못하는 것은 물론이지만 자칫 잘못하면 큰 고기들의 먹이가 되기 쉽기 때문이다.

"엄마, 아무리 힘을 내도 자꾸 떠밀려."

파도에 밀려가던 어린 것 하나가 숨을 헐떡거리며 말했다.

"조금만 더 힘을 내."

"더 이상 안 되겠어. 그냥 떠내려가고 말까봐."

"바보 같은 소리. 이정도의 파도에도 견디지 못하면 이 험한 바다 에서 어떻게 살아가겠다는 거니?"

왕눈이볼락은 어린 것들을 크게 나무랐다. 그 때였다.

"엄마! 저게 뭐야?"

앞에서 씩씩하게 가던 어린 것 한 마리가 일렁이는 물결 너머를 보면서 말했다.

"어디! 뭘 말이냐?"

"저 앞에 높다랗게 쌓아올린 돌무더기 말이에요."

왕눈이볼락은 큰 눈을 뛰룩거리며 어린 것이 가리키는 곳을 바라봤다.

"그래, 모래바닥에 돌무더기 같은 것이 있구나. 너는 참 눈도 밝다."

"전에는 없었잖아요?"

"그래, 이 엄마도 처음 본다. 저기서 좀 쉬어가면 되겠구나."

"그런데 엄마, 저게 뭐하는 거예요?"

"글쎄다. 가까이 가서 보자구나."

어린 것 들은 쉬어가자는 말과 돌무더기 같은 것에 대한 호기심에 힘든 줄도 모르고 엄마를 따라 힘껏 헤엄쳐 갔다.

"어! 낡은 배가 돌을 가득 싣고 있네."

먼저 도착한 씩씩한 어린 것 하나가 호기심 어린 눈으로 이리저리 쳐다보며 말했다.

"이게 뭘까?"

다음에 도착한 어린 것이 헐떡거리며 혼자소리로 말했다.

"엄마 오면 물어보자."

먼저 온 어린 것이 말했다.

왕눈이볼락은 뒤처진 어린 것들과 같이 오느라 조금 늦게 들어왔다.

"이제 여기서 잠시 파도를 좀 피할 수 있겠구나!"

왕눈이볼락은 안도의 숨을 내쉬며 말했다.

"엄마, 이게 뭐예요?"

엄마가 들어오기가 바쁘게 먼저 온 어린 것이 물었다.

"글쎄, 이것이 뭘까? 우리들 살기에 딱 좋겠는데."

왕눈이볼락은 눈을 이리저리 굴리며 돌무더기를 살폈다. 아직 물풀도 채 돋지 않은 새 돌이다. 돌무더기 사이사이를 들어가 봤다. 상큼한 새 돌 냄새에 기분이 좋았다.

"어서들 오너라."

이때 난데없이 돌무더기 아래서 말소리가 들렸다.

"어! 누가 말을 하네."

왕눈이볼락은 말소리가 나는 쪽을 바라봤다. 그것은 돌들을 가득 담고 있는, 이름도 지워 진 낡은 배였다.

"누구세요?"

"나는 너희들을 위해 어초가 되려고 여기에 온 낡은 배란다. 어초할아버지라고 불러다오."

"예?"

왕눈이볼락의 큰 눈이 툭 튀어나오는 듯 했다. 어초라는 이름은 처음 듣는데다 배는 바다 위를 날쌔게 달리며 물고기를 잡아가는 무법자라고만 생각했기 때문이었다.

"왜? 이해가 되지 않느냐?"

"네."

"어초란 사람들이 만든 고기들의 아파트란다. 이해가 되느냐?"

"네, 좀 이해가 가요. 그러니까, 사람들이 우리들의 집을 만들어 준거네요."

"그렇지."

"배는 우리를 잡아가기만 하는 줄 알았는데……."

왕눈이볼락은 두려운 마음이 완전히 가시지 않은 듯 조심스럽게 말했다.

"그래, 너희들은 그렇게 생각하겠지. 어디서 왔느냐?"

"저, 윗동네 암초마을에 사는 데요, 오늘 소풍을 나왔다 폭풍을 만나 여기에 오게 되었습니다."

"그래! 정말 반갑다. 이름은 뭐니?"

"다들 눈이 크다고 왕눈이라 그래요."

"그래, 이름 한 번 귀엽구나."

"고맙습니다."

"그럼 저 어린것들은 네 새끼들이구나."

"예, 할아버지. 그런데 마을을 한번 구경해도 돼요?"

"그래라."

왕눈이는 사람들이 만들어 준 집이 궁금하기도 했지만 그 보다 혹시 자기들을 잡아가기 위해 만든 덫이 아닌가 하는 생각에 어린 것들과 함께 조심스럽게 마을부터 돌아봤다. 그동안 사람

들이 놓은 그물이나 통발, 낚시 등의 덫에 많은 동무들이 잡혀가
는 것을 봤기 때문에 신경을 쓰고 살피지 않을 수 없었다. 돌구
멍마다 일일이 살펴봐도 낚시나 그물 같은 덫은 없었다. 오히려
돌 사이사이로 구멍들이 많아 큰 고기들이 오면 숨기에 좋겠고,
해초들이 무성하게 자라나서 플랑크톤이 많이 생겨 먹이도 풍부
할 것 같았다.

"엄마, 우리 이곳에서 살자. 우리 마을보다 숨바꼭질하기도 좋아."

엄마를 따라 마을을 돌아본 어린 것들이 엄마를 졸랐다.

"그렇긴 하다 만 어초할아버지께 여쭤 봐야지."

왕눈이는 이제 두렵고 조심스런 마음이 풀린데다 마을도 마음
에 들어 못 이기는 척 어초할아버지 앞으로 갔다.

"어초할아버지! 우리 애들이 좋아하는데 여기서 살면 안 될까요?"

"왜 안 되겠니? 너희들을 위해 내가 있는데."

이때였다. 은색에 검은 빛이 도는 망상어 한 쌍이 숨을 헐떡거리며 밀려들었다. 암놈은 아랫배가 불룩한 것이 새끼를 가진 것이 분명했다. 뒤이어 무슨 기분 나쁜 일만 있으면 이빨을 뿌드득 갈면서 배를 부풀리며 성질을 부리는 까치복 한 쌍이 밀려 왔고, 변장술의 천재 문어와 눈 앞뒤로 가시를 세워 폼을 잡는 조피볼락도 연달아 들어왔다. 제일 마지막으로 갯바위의 황제란 별명을 가진 돌돔이 일곱 줄의 검은 줄무늬를 뽐내며 당당하게 들어왔다. 이들 물고기들도 폭풍을 피해 집으로 가던 중 거친 파도에 밀려든 것이다.

"어! 여기에 없던 돌무더기가 생겼네. 참 신기하게 생겼다."

돌돔이 말했다.

"글쎄 말이야, 그래서 우리도 이곳에서 구경도 하고 폭풍도 피하고 있어."

먼저 온 망상어가 말했다.

"큰 돌들이 많아 숨을 곳도 많고 나쁜 놈들을 막을 수 있는 집을 짓 기도 좋고……."

까치복과 문어, 조피볼락은 돌돔과 망상어가 하는 말은 귓등으로 듣고 돌무더기를 돌아보면서 희한하다는 듯이 혼자 소리들을 하고 있었다.

"그런데 돌을 싣고 있는 이것은 이름도 없는 낡은 배잖아?"

돌돔이 놀라는 듯이 다시 말했다.

망상어도 이제 돌돔의 말은 들은 척도 않고 다른 물고기들을 따라 신기하게 생긴 돌무더기를 이리저리 살폈다.

이때 돌덩이 뒤에 먼저 와 있던 왕눈이 '쑥' 앞으로 나섰다.

"너희들이 아직 모르는 모양인데 이 낡은 배는 어초할아버지 라고 해."

"누가 그래?"

약고 의심 많은 까치복이 말했다.

"어초할아버지가 직접 그러셨지."

"그래? 그런데 좀 이상하잖아."

"뭐가 말이야?"

"여태 없던 것이 갑자기 생긴 것도 그렇지만, 원래 배는 항상 우리를 잡아갔잖아?"

"나도 처음 그렇게 생각하고 자세히 살펴봤는데 낚시나 그물 같은 것은 보이지 않았어."

"그래?"

까치복은 의심스러워하다가도 왕눈이의 말에 마음을 놓는 것 같았다.

"왕눈이 네가 그렇게 말하니 틀림없겠구나!"

그제야 다른 고기들도 마음을 놓는 것 같았다.

"어초할아버지는 우리가 이곳에 살아도 좋대."

왕눈이는 자기가 여기에서 특별한 대우라도 받고 있는 듯이 우쭐거리며 말했다.

"그래? 그럼, 우리도 여기서 살면 안 될까? 새끼도 여기서 낳으면 좋을 것 같은데."

새끼를 가진 암놈 망상어가 풋풋하고 상큼한 새 돌의 냄새를 맡으면서 수놈 망상어를 보며 말했다.

"나도 여기서 살고 싶다."

돌돔도 앞으로 나서며 작은 입으로 야무지게 말을 했다. 그러자 잇달아 문어, 조피볼락, 까치복들이 전부 여기서 살겠다고 나섰다.

"그럼, 다들 어초할아버지께 허락을 받아."

왕눈이는 다시 자기가 이곳 어초할아버지의 대리인이라도 되는 듯이 말했다.

어초할아버지는 이들의 이야기를 엿들으면서 마음이 흐뭇하여 빙긋이 웃고 있었다.

망상어와 돌돔, 문어, 조피볼락, 까치복 등은 어초할아버지 앞으로 우르르 몰려갔다. 차례대로 서서 인사를 올리고 돌돔이 대표로 앞에 나섰다.

"어초할아버지, 우리 모두 여기서 살면 안 되나요?"

"왜 안 되겠니. 대 환영이다."

어초할아버지는 이들이 너무 귀여워 어쩔 줄을 몰랐다.

"그런데 어초할아버지!"

"왜 그러느냐?"

"궁금한 게 있어요."

"뭐가 말이냐?"

"어초할아버지는 왜 여기 이렇게 있어요?"

돌돔이 말을 했지만 다른 물고기들도 같은 생각들인지 영롱한 파란 눈들을 반짝거리며 어초할아버지를 바라봤다.

"왕눈이가 말하지 않았구나."

"예. 할아버지가 어초할아버지라고만 말했어요."

"그렇구나. 내가 여기 있는 건 어초가 되기 위해서지."

"어초가 뭐예요?"

"어초란 간단하게 말해서 너희들의 집이란다. 너희들이 놀 수 있는 놀이터가 되기도 하고, 또 너희들이 새끼나 알을 낳는 산란 장소가 되기도 하고 또 큰 고기가 너희들을 잡아먹겠다고 오면 빨리 숨게도 할 수 있게 하고 또 ……."

"또, 뭐가 있어요?"

"사람들이 그물을 끌어 너희들을 잡아가려고 하면 그물을 못 끌게 할 수도 있지."

"그렇구나! 배는 우리를 잡아가는 줄만 알았는데 어초할아버

지는 우리에게 정말 좋은 일을 하기 위해 여기에 오셨네요."

"그렇단다."

"그럼, 할아버지는 왜 어초가 되셨어요?"

이번에는 어린 왕눈이들이 맑고 까만 눈을 깜박거리며 물었다.

"음, 내가 어초가 된 이유는 말이다, 사실 이 할아비가 젊었을 때 너희들의 할아버지들에게 죄를 너무 많이 지어서란다."

"무슨 죄를 졌는데요?"

"녀석들! 궁금한 것도 많구나. 그래, 너희들 때는 궁금한 것도 많고 모르는 것도 많지. 이 할아비가 젊었을 때 바다 위를 설치고 다니면서 너희들의 할아버지들을 낚시나 그물로 마구 잡았단다. 어떤 때는 너희들 같은 어린고기까지 싹쓸이 했지. 그때는 이

할아비가 어찌나 날쌔고 튼튼했던지 어느 배도 나를 따를 수 없었단다. 그러니 자연 너희들의 할아버지들도 내가 한번 나타났다 하면 살아남지를 못했어."

"정말 그때는 나쁜 할아버지였네요."

"그래, 그때는 사람들이 그걸 좋아하니까 내가 최곤 줄 알았지. 그러나 이제 나이가 드니까 지난 일들이 후회스럽기도 하단다. 다행이 지금 너희들을 위하여 이렇게 어초가 된 것이 정말 행복하단다.

"그럼 어떻게 해서 여기 왔어요?"

"그 녀석들, 참 끈질기기도 하네. 이야기를 하자면 좀 길어."

"그래도 듣고 싶어요."

"그래, 그럼 이야기해 주지."

일렁이던 바다는 조금씩 잦아들었다. 빠르게 흐르던 회색빛 구름은 물러나고 파란 하늘이 얼굴을 내밀었다. 다행히 폭풍은 오래가지 않았다. 고기들은 부지런히 놀리던 지느러미를 이제 한가히 살랑거렸다.

"나도 말이다, 세월이 가니 날쌔던 몸도 느려지고 튼튼하던 몸도 쇠약해져갔지. 그러다 보니 자연히 물고기들도 남들처럼 잡지 못하고 병도 자주 나기 시작했단다. 나를 보물단지같이 애지중지 하던 주인도 차츰 나를 멀리하더니 어느 날 포구에 버리고 만 거야."

"어머! 너무했다."

배가 불룩한 암놈 망상어가 아가미를 불럭거리며 울먹이듯이 말했다.

"그렇지! 정말 섭섭했단다."

어초할아버지는 그 때의 섭섭했던 기억을 되살리는 듯 입을 쩝쩝거렸다.

"사람들은 참 의리 없다, 그치?"

이번에는 조피볼락이 다른 물고기들에게 동의를 구하듯이 말했다.

"사실 나도 늙어서 몇 번이나 목수들로부터 수술을 받았단다. 철공소에서 기계 부속들을 바꿔 달기도 했지. 때문에 사람들만 원망할 수는 없었단다. 그래서 나는 이제 끝나는 가 했지."

"그래서요?"

이번에는 황소 눈을 껌벅거리며 문어가 돌 틈 사이에 자리를 잡고 앉아서 이야기를 재촉했다. 돌 틈 사이로는 이번 폭풍 물살에 쓸려온 모래들이 조금 쌓여 있었다.

"처음엔 포구에 버림받은 채 쓸쓸하게 있었단다. 여름이 되니까 동 네 꼬맹이들이 하나 둘 모여들더니 숨바꼭질도 하고 내 머리 위에 서 다이빙을 한다고 바다로 뛰어내리기도 했지. '철썩' 하는 배치기였지만 말이야. 참 명랑하고 건강한 아이들이었어. 한여름은 그렇게 심심치 않게 아이들과 잘 보냈단다."

어초할아버지의 이야기에 배치기 말이 나오자 어린 왕눈이들

이 '킥킥' 웃었다.

"우리도 애들이 배치기 할 때는 깜짝깜짝 놀라요, 벼락 치는 소리를 내거든요. 그래도 배가 안 아픈지 궁금해요."

"그래, 그래도 애들은 즐거워한단다. 도시 애들은 도저히 이해를 못 할 게야."

어초 할아버지는 여기서 이야기를 잠시 끊었다.

"할아버지! 애들과 같이 여름을 지내고 나서 어떻게 됐어요?"

어초할아버지의 이야기 끊는 시간이 길어지자 까치복이 더 이상 기다리지 못하겠다는 듯이 어초할아버지께 이야기를 재촉했다.

"이야기가 재미있냐?"

"예. 너무 재밌어요."

"그래! 그럼 이야기를 계속하자. 그해 여름이 지나고 나니까 주변에 공장이 하나 둘 세워지더란 말이야. 뭐, 공업단지가 생겼다고 하면서 말이야. 자연히 공장에서 나오는 나쁜 물들이 바닷물을 더럽히고, 아이들도 농토를 팔고 도시로 가는 부모를 따라 하나 둘 떠나버렸어. 참 쓸쓸했지. 그래서 이제 나는 확실히 끝났구나 생각했단다. 이래저래 파도에 몸체가 뜯겨 나가고 결국 갯벌 속에 묻혀 갈 거라고 말이다. 그런데 어느 날 새 배가 하나 들어오고 연이어 짐을 싣는 화물선까지 들어오더니 나 때문에 자기네들이 있을 자리가 비좁다고 불평이 높아진 거야. 쓸모없는 폐선이 자리만 차지하고 있다고 말이야. 자기네들은 늙지 않을 듯이 말이다. 기가 막혀서, 원!"

"그래서요?"

이번에는 어초할아버지 머리맡으로 바짝 붙어 있던 조피볼락이 이야기를 재촉했다.

"그래, 불평이 많다보니 담당 공무원이 현장에 나와 봤지. 나를 자세 히 살피다가 고개를 갸웃거리더니 어초로 사용하면 되겠다고 하더라고. 정말 창의성이 뛰어난 공무원이야. 이런 공무원은 표창을 해야 해."

"에이! 할아버지 너무 오버한다."

망상어 한 쌍이 서로 얼굴을 보며 말했다.

"그렇지 않니? 애물단지가 된 나를 끄집어내 먼 바다에 갖다 버리면 그만인데 그냥 버리지 않고 이렇게 돌을 쌓아 고기들이 살기 좋게 어초로 만들었다는 것이 말이야."

"일종의 폐품활용이다 그치?"

어린 왕눈이들이 웃으며 자기들끼리 키들거렸다.

"뭐야! 이놈들이 할아버지를 놀리는구나."

어초할아버지는 일부러 화를 내는 척 했다.

"아니에요. 우린 아무 말도 안했거든요."

어린 왕눈이는 움찔하며 시치미를 뚝 뗐다.

"야! 가만히 이야기 듣기만 해. 너희들 때문에 어초할아버지 이야기가 자꾸 끊어지잖아."

돌돔이 제법 대장답게 어린 왕눈이들을 둘러보며 말했다.

"이야기를 계속 할 테니 어린 것들을 너무 나무라지 말거라. 헌데, 어디까지 이야기 했지?"

"공무원이 나와서 어초할아버지를 어초로 사용하면 되겠다고 했다는 데 까지요."

문어가 답답하다는 듯이 말했다.

"그랬지. 나는 공무원의 말을 듣고 붕 뜨는 기분이었어. 이렇게 좋을 수가 없다고 생각했지. 항상 고기들에게 너무 많은 죄를 졌다고 생각했는데 이제 고기를 위해 보답을 하게 되었으니 말이지. 이런 일이 있은 지 며칠이 지났단다. 그날은 참 좋은 날이었다. 바람 한 점 없는 화창한 날씨였어. 햇살도 바다 위에 찰랑거렸고 쪽

빛 바다위에는 갈매기도 끼룩끼룩 날았단다. 그런 좋은 날 나를 이곳으로 끌고 오더니 나에게 돌을 잔뜩 실어 이렇게 바다 밑으로 내려앉게 했단다."

"그랬었군요!"

돌돔이 점잖게 감탄을 하며 가슴지느러미를 살랑거리자 모였던 다른 고기들도 전부 따라서 가슴지느러미를 살랑거렸다.

"어초할아버지 이야기 참 재미있다, 그치?"

"그래, 다른 이야기도 재미있게 하실 것 같다."

어초할아버지의 이야기가 끝나자 어린 왕눈이들이 자기네들끼리 말을 주고받다가 어린 것 한 마리가 엄마를 졸랐다.

"엄마! 어초할아버지께 재미있는 옛날이야기 하나 해달라고 하세요."

"얘는! 네가 직접 이야기 하렴."

"들어주실까?"

"글쎄다! 내가 이야기 하는 것보다 너희들이 이야기 하면 더 잘 들어 주실 것 같은데."

"왜요?"

"너희들이 귀여우니까."

"그럼 말씀드려 볼까?"

어린 왕눈이 한 마리가 주저주저하면서 어초할아버지 앞으로 갔다. "어초할아버지, 우리 이렇게 새로운 식구들이 생겨났으니 재미있는 옛날이야기 하나 해 주세요."

어초할아버지는 빙긋이 웃었다.

"그럼 다른 고기들은 어떠냐?"

"물론, 대 찬성입니다."

돌돔이 덩치가 제일 크니까 대장답게 앞으로 나서며 말했다. 일곱 줄의 검은 무늬가 오늘따라 더욱 곱다. 다른 고기들도 아가미를 벌름거리고 꼬리지느러미를 흔들며 찬성했다.

"녀석들 참! 그럼 말이다. 돌돔 너는 사람들이 흔히 갯바위의 황제 라고 하니까 너하고 약속을 하나 하자."

돌돔은 어초할아버지가 자기를 황제라 하니까 기분이 좋아 어깨를 으쓱했다.

"무슨 약속을요?"

"이 어초마을에 아직 식구가 적으니까 할아비가 이야기를 하나 해 줄 때마다 식구를 하나씩 데려오기로 말이다. 너는 힘도 세고 빨라 멀리까지 나다니니까 다른 고기들하고 가까이 할 기회가 많지 않겠느냐?"

"그래, 돌돔은 할 수 있겠다. 이웃 동네인 암초마을도 알고 바위마을도 알고, 모르는 곳이 없잖아."

까치복이 먼저 말을 했고 다른 고기들도 고개를 끄덕였다.

"그럼 한번 해보지요, 뭐."

"어초할아버지! 이제 이야기해 줘요. 돌돔이 식구 될 고기들을 데러온대요."

어린 왕눈이들이 이야기를 빨리 듣고 싶어 돌돔이 약속하기 바쁘게 어초할아버지를 졸랐다.

"그럼 이야기를 시작하마."

어초할아버지는 마른기침을 한 번 하고는 이야기를 시작했다. 파도는 이제 완전 잦아졌다. 바닷물도 푸른색으로 칠해지고 있었다.

2. 준치는 왜 가시가 많을까

"너희들 준치 알지?"

"잘 몰라요."

"그렇게 큰 고기는 아닌데, 등은 암청색이고 배는 은백색인 주걱턱 말이다."

"예, 알겠습니다. 봄에 왔다가 여름 되면 가는, 가시가 많다는 고기 아닙니까?"

돌돔이 좀 생각을 하더니 아는 체를 했다. 다른 고기들은 아는지 모르는지 어초할아버지의 입만 바라보고 있었다.

"맞아, 바로 그 가시가 많은 이유를 이야기해 주지."

고기들은 아가미를 벌름거렸다. 기분이 좋을 때의 버릇들이다.

"옛날에 사람들은 준치를 참 좋아했단다. 옛말에 '썩어도 준치'라고 할 정도였지. 글쎄 얼마나 준치를 좋아했는지 사람들이 준치를 너무 잡아서 씨가 마를 지경이었단다. 준치가 가만히 생각해 보니 이대로 그냥 있다가는 자기들이 바다에서 사라질 것 같거든. 그래서 용왕님을 찾아 간 거야. 자기들을 좀 보호해 달라고 말이야. 지금 같으면 데모라도 했겠지."

"그래서요?"

처음에는 이야기에 별로 관심이 없다는 듯 멀찍이 떨어져 있던 까치복이 갑자기 어초할아버지 앞으로 다가가며 이야기를 재촉했다. 자기네들도 사람들에 잡혀가지 않는 좋은 방법이 없는지 궁금했던 모양이다.

"용왕이 준치의 딱한 사정 이야기를 듣고는 여러 신하들을 불러놓고 방법을 의논했지. 준치를 어떻게 하면 사람들로부터 보호할 수 있을지 말이야. 여러 가지 이야기가 오고 갔어. 결과는 준치에게 가시를 많게 하여 사람들이 먹기 귀찮게 만들자는 거였어. 그렇게 하면 아무래도 사람들은 준치를 덜 잡아먹게 될 테니까."

"그래서요?"

이번에는 돌돔이 입을 뻐끔거리며 말했다. 요사이 돌돔도 자기를 노리는 낚시꾼들이 많은 모양이다.

"용왕님이 모든 고기들에게 명령을 내렸지. 자기 몸에서 뼈 하나씩을 뽑아 준치 몸에 넣어 주도록 말이야. 그래서 고기들은 뼈 하나씩을 뽑아들고 준치를 찾아 간 거야. 그러나 준치로서는 자기 몸에 뼈를 꽂는 것이 얼마나 아프겠니. 처음에는 참았지 살기 위해서는 어쩔 수 없다고 말이야. 그러나 너무 많이 꽂다 보니 도저히 견딜 수가 없어 도망을 간거야. 그러나 용왕의 명령을 어길 수 없는 고기들은 도망가는 준치를 따라가면서까지 가시를 마구

꽂았지. 그러다보니 준치의 꼬리지느러미에까지 가시를 꽂게 된
거야. 그래서 준치는 몸통 뿐 아니라 꼬리지느러미에까지 가시가
있게 된 거란다."

어초할아버지는 이렇게 준치가 가시가 많아진 사연을 담은 옛
날이야기를 끝냈다.

"우리도 용왕님을 찾아가 사람들이 잡아가지 않게 해 달라고
하면 도와줄까?"

까치복이 이야기에 취한 듯 입만 벙긋거리며 멍한 표정으로 말
했다.

"야! 이 바보야. 옛날이야기잖아."

왕눈이 말했다.

"그렇지! 진짜 아니지?"

돌돔이 왕눈이를 보며 말했다.

"바보 같은 녀석들! 이야기를 진짜로 생각하다니. 그렇지만 참
재미있다!"

망상어가 말했다.

다른 물고기들은 어초할아버지의 이야기에 빠져 아직도 입을
'헤' 벌리고 있었다.

까치복은 바보란 핀잔을 들었으면서도 뭔가 심각한 표정을 지
었다.

"어초할아버지!"

"왜 그러느냐?"

"이왕 말이 나왔으니 말인데요, 우리 복어들도 사람들이 너무
좋아해 남아나지를 않겠어요. 좋은 방법이 없겠습니까?"

"너희들은 이미 용왕님이 사람을 죽일 수 있는 무서운 무기인
독을 줬지 않느냐."

"아무 소용없어요. 사람들은 너무 영악해서 독이 든 알과 피를
전부 없애고 먹으니까요."

"하기야 그렇지. 그럼 낚시와 그물을 피해 다니는 수밖에 더 있
겠느냐. 허나 적어도 그물은 이 할아비가 막아줄 수 있다."

까치복은 어초할아버지에게도 뾰쪽한 방도가 없어 시무룩해

하면서도 그물이라도 막을 수 있다는 말에 좀은 표정이 밝아져 물러났다.

"자! 이제 돌돔은 약속대로 우리 마을에 식구 될 물고기들을 데려 오너라"

"예, 할아버지. 그런데 우리 마을 이름을 뭐라고 해야 해요?"

"참! 그렇구나. 너희들이 살 마을이니까 너희들이 이름을 지어 보거라."

"어초마을이라고 해요."

왕눈이 자신 있게 말했다.

"다른 고기들의 생각은 어떠냐?"

"어초할아버지가 있는 마을이니까 어초마을이 좋을 것 같네요."

돌돔이 말하자 다른 고기들도 꼬리를 흔들며 찬성했다.

"그럼 우리 마을을 어초마을이라 한다. 그리고 너희들은 어초마을에 살고 있으니까 자연 어초가족들이고."

어초할아버지가 이렇게 마을 이름을 정하자 돌돔은 어초할아버지 말씀을 따라 인근 암초마을로 떠났고 다른 어초가족들도 먹이를 찾아 뿔뿔이 흩어졌다.

3. 그물과 싸워 이긴 어초할아버지

폭풍 뒤에는 먹이가 풍부했다. 어초가족들은 배불리 먹고 한가로이 노닐었다. 바다 위로 따사로운 햇살이 살포시 찾아들고 갈매기와 물새떼들도 '끼룩끼룩' 날아 앉았다. 멀리서는 '통통통' 배가 지나가는 소리도 들렸다. 어초할아버지도 낮잠을 즐기고 있었다. 그 때 멀리서 뻘물이 일더니 고기들의 아우성이 들려왔다.

"살려 주세요, 살려주세요."

어초가족들은 놀라 신경을 곤두세웠다.

뻘물은 점점 가까이 밀려왔고 고기들의 살려달라는 목소리도 가까이서 들려왔다.

"이게 무슨 소리야? 어디서 물고기들이 살려달라고 하잖아?"

왕눈이가 겁먹은 눈으로 말했다.

"그래 나도 금방 들었어."

망상어도 놀라 등지느러미를 꼿꼿이 세우며 말했다.

"애들아, 걱정 말아라. 나한테 꼭 붙어 있으면 염려할 것 없다."

낮잠을 즐기다 깬 어초할아버지는 어초가족들이 놀라는 것을 보고는 '이제야 나의 능력을 보여줄 때가 됐다'고 생각하며 느리지만 자신 있게 말했다.

"왜 고기들이 살려달라고 야단입니까?"

왕눈이는 어초할아버지의 염려 말라는 말을 들었으면서도 마음이 놓이지 않는 모양이다.

"사람들이 너희들을 잡겠다고 그물로 바다 밑을 쓸고 있단다. 지금 그 그물 안에 갇힌 것들이 살려달라고 아우성을 치는구나."

"우리는 염려할 것이 없다니요?"

"이 할아비가 그물이 여기 오면 꽉 잡고 놓아주지 않으면 되지."

"……!?"

어초가족들은 고개를 갸우뚱했다. 어초할아버지가 그럴 힘이 있을까 의심이 가는 모양이다.

그물은 빠르게 갯벌을 쓸고 어초할아버지 발밑까지 왔다. 그러자 어초할아버지는 어초가족들을 향하여 고함을 질렀다.

"빨리 돌 틈 사이로 숨어라."

어초할아버지의 고함소리가 떨어지기가 바쁘게 흙탕물이 일고 물고기들의 아우성이 바로 앞에서 들렸다. 그것도 잠시였다. 그물은 삽시간에 어초할아버지를 덮쳐 버렸다.

어초가족들은 흙탕물에 눈도 뜨지 못한 채 돌 틈 사이에 꼭꼭 숨었다. 어초할아버지는 있는 힘을 다해 그물과 싸웠다.

"어림없지, 어림없어."

그물도 지지 않고 어초할아버지를 끌어 올리려고 안감 힘을 쓰고 있었다.

"영차. 영차."

그물은 마치 줄다리기 하듯 팽팽하게 당겨졌다. 그물을 끄는 배의 기계 소리는 근방이라도 기계가 부서질 듯이 요란하게 들렸고 연기통에서는 시꺼먼 연기가 분수 같이 마구 솟구쳐 올랐다. 좀처럼 끝나지 않을 것 같은 싸움이다. 그러나 그물은 생각 같이 오래 버티지 못했다. '우지직우지직' 소리를 내더니 금방 '찍'하고 찢어지고 말았다. 그와 동시에 그물에 갇혀 아우성을 치던 물고기들도 전부 도망쳐 나왔다.

"휴, 살았다. 이 돌덩어리 때문에 살았다."

"돌덩어리가 아니라 그 밑의 낡은 배를 봐. 어초할아버지야. 고맙다고 인사드려."

돌덩이 사이에 숨어있던 왕눈이 폼을 잡고 밖으로 나오며 그물에 갇혔던 물고기들에게 말했다.

"어초할아버지 정말 고맙습니다."

"그래."

어초할아버지는 흐뭇하여 빙그레 웃었다.

"어초할아버지, 정말 짱이다."

어초가족들은 그물에 갇혔던 고기들 앞에서 등지느러미를 곧추세우고 자랑스레 맴을 돌았다.

"어초할아버지, 우리도 어초할아버지 옆에서 살면 안 되겠습니까?"

그물 속에 갇혔다 살아 난 물고기들이 비틀거리면서 어초할아버지 앞에 와서 말했다.

"너희 넙치, 가자미, 낙지, 가오리들은 갯벌에 사는 고기들이니 어초마을에서 살기에는 적당치 않구나. 다만 어초마을과 가까운 갯벌 바닥에 터전을 마련해라. 그래야만 또 다시 그물이 쓸고 오면 나의 도움을 받을 수 있을 것이다."

"알겠습니다."

이렇게 해서 넙치, 가자미, 낙지, 가오리, 등은 어초마을 가까운 갯벌바닥에 터전을 마련했다.

뻘물이 잦아지고 그물에 갇혔던 고기들과 어초가족들이 다 제자리로 찾아가자 다시 어초 마을에는 평화가 찾아왔다. 다만 다른 것이 있다면 찢어진 그물 조각이 어초할아버지의 배위에 있는 돌덩이에 걸려 파도에 해조류처럼 펄럭거리고 있을 뿐이었다.

4. 전설의 도루묵

　아침 해가 밝았다. 내려쬐는 아침 햇살이 너무 좋았다. 왕눈이는 햇빛을 쫓아 바다 위로 올라갔다. 은빛 햇살이 비단을 깐듯했다. 멀리 수평선에는 물안개가 아련히 피어올랐다. 그곳은 바다가 하늘이었고 하늘이 바다였다.

　왕눈이가 바다 위에서 내려오자 갑옷 입은 전사 같은 모습의 쥐치 한 쌍이 팔랑팔랑 헤엄쳐 왔다. 등과 배 그리고 꼬리지느러미를 좌우로 바쁘게 흔들긴 했지만 걸음은 느릿느릿 양반걸음이었다. 이를 본 어초가족들은 모두 입을 가리고 '킥킥'거리고 웃었다. 그러나 쥐치는 이런 것에 아랑곳 않고 어초마을에 도착하자말자 당당하게 말했다.

　"야! 나도 오늘부터 이 어초마을에 살겠다."

　"왜?"

　망상어가 웃음을 참으며 가까스로 말했다.

　"여기에 살면 어초할아버지가 재미있는 이야기를 해 준다며?"

　"누가 그래?"

망상어는 돌돔이 그랬을 것이란 것을 알면서도 일부러 퉁명스럽게 물었다.

"돌돔이 우리 마을을 지나가면서 이야기 했거든."

"야! 돌돔이 빠르기도 하다. 그럼 어초할아버지께 가서 신고를 해." 옆에 있던 조피볼락이 말했다.

"그래, 고마워."

쥐치는 팔랑 팔랑 어초할아버지 앞으로 갔다.

"어초할아버지, 어초할아버지!"

마침 어초할아버지는 졸고 있었다.

"아! 쥐치가 왔구나."

어초할아버지는 쥐치의 부르는 소리에 눈을 번쩍 떴다.

"저 오늘부터 여기서 살래요."

쥐치는 응석을 부리듯 말했다.

"그래 환영이다."

어초할아버지는 쥐치의 모습이나 말하는 것이 귀여워 빙긋이 웃었다.

"그런데 어초할아버지! 재미있는 이야기를 해 준다고 하던데요?"

"누가 그러더냐?"

"돌돔이 그랬어요."

사실 어초할아버지는 전날 어망과 싸우느라 힘을 다 뺀 탓에 피곤을 못 이기고 졸고 있던 참이었다. 그렇다고 새로 들어온 쥐치에게 이야기를 안 해 줄 수도 없었다. 어초마을에 하루속히 식구를 늘리려면 재미있는 이야기를 많이 해서 고기들이 모여들게 해야 하기 때문이다.

"그래, 가까이 오너라. 이야기를 크게 하면 다른 고기들이 먹이를 찾아 나가려고 하는데 방해가 될지도 모르니 말이다."

쥐치는 어초할아버지가 시키는 대로 어초할아버지 앞으로 바짝 다가 갔고 어초할아버지는 가만가만 이야기를 시작했다. "너 도루묵을 알지?"

"네. 동해에서 사는 입이 커고 비늘이 없는 고기란 말을 들었어요."

쥐치는 보지는 못했지만 이야기를 들어서 안다는 듯이 말했다.

"그래, 왜 이 고기 이름이 도루묵이 됐는지 아느냐?"

"몰라요."

쥐치는 고개를 저었다.

"그럼 그에 대한 이야기를 해 줄까?"

"예."

쥐치는 대답을 하고서 기분이 좋아 아가미를 벌름벌름했다.

"조선시대에 선조라는 임금님이 있었단다. 이때는 정치하는 사람들의 싸움이 심해서 나라가 어지러웠단다. 그래서 북쪽에서는 야인들이 두 번이나 침략을 했고 남으로는 일본인들이 쳐들어왔거든. 이것을 임진왜란이라고들 하지. 하여튼 어느 땐 줄은 정확히 모르지만 임금님이 강원도 지역으로 피난을 가게 되었단다."

어초할아버지가 이렇게 소곤소곤 이야기를 하고 있는데도 어느새 어초가족들이 한 가족 두 가족 모여들기 시작했다.

"너희들은 배도 고프지 않느냐?"

어초할아버지가 모여드는 어초가족들이 염려스러워 한 마디 했다.

"배는 고파도 이야기가 더 재밌어요."

망상어가 부른 배를 쑥 내밀고는 다른 고기들과 같이 말했다.

어초할아버지는 배고픈 것보다 이야기가 더 재미있다는 어초가족들의 말에 껄껄 웃었다.

"빨리 이야기를 계속해 주세요."

쥐치는 이야기를 하다 말고 웃고 있는 어초할아버지에게 이야기를 재촉했다.

"그래, 알았다."

어초할아버지는 웃음을 그치고 이야기를 계속했다.

"옛날에는 피난을 가게 되면 말이다 아무리 임금님이라 해도 먹을거리가 충분치 않았거든. 그래서 백성들은 자기 지역에 임금이 피난을 오게 되면 그 지역에서 나는 먹을 것들을 이것저것 갖다 바쳤는데 그 당시 강원도에서는 '묵'이란 고기가 많이 잡혔단다. 그래서 어떤 백성이 이 고기를 갖다 드린 거야. 옛날에는 도루묵을 '묵'이라 했거든. 그런데 임금님이 수라상에 올라온 '묵'을 먹어보니 그 맛이 궁에서 먹었던 그 어떤 고기맛보다도 더 좋거든. 사실은 먹을 것이 귀한 피난길이다 보니 더 맛이 있었던 게지. 이 맛있는 고기 이름이 무엇인지 궁금해진 임금님은 고기 이름을 물었지.

'이 고기이름이 무엇이냐?'

'묵이라 하옵니다.'

고기를 가지고 온 백성은 맛없고 너무나 흔한 고기를 가지고 와서 임금님 입맛을 버려놓았다고 야단을 치는 줄 알고 기어들어가는 목소리로 고기 이름을 말했지. 그런데 임금은 뜻밖에 칭찬을 하며 이렇게 말했던 거야.

'그래? 이렇게 맛있는 고기 이름이 어떻게 그렇게 상스러우냐. 오늘부터 이 고기 이름을 '은어(銀魚)'라 불러라.'

이렇게 해서 '묵'이 '은어'가 된 거야. 사실 도루묵은 뱃바닥이 은빛이 나기도 하지."

"그런데 왜 다시 '도루묵'이 됐어요?"

궁금한 것이 있으면 참지를 못하는 왕눈이 그 푯대를 냈다.

"좀 가만있어 봐. 어초할아버지가 이야기를 계속 하시잖아."

쥐치가 초면인데도 겁도 없이 느린 말씨로 왕눈이를 나무랐다. 그러자 옆에 있던 조피볼락도 눈을 흘기며 한 마디 거들었다.

"아무 때나 툭툭 튀어나오는 저 급한 성미 때문에 될 일도 안 된다니까."

왕눈이는 덩치가 큰 조피볼락한테는 말도 못하고 쥐새끼같이 생긴 새로 온 쥐치에게 눈을 흘겼다가 후닥닥 눈을 돌려버렸다. 등허리의 날카로운 뿔이며 갑옷 같은 껍질은 아무래도 보통내기가 아닌 것 같았기 때문이었다.

"싸우지 마라. 이야기를 계속 할 테니까."

어초할아버지는 이렇게 말을 하곤 이야기를 계속했다.

"전쟁이 끝나자 임금님이 왕궁으로 돌아왔지. 어느 날 기름진 수라상을 보다가 문득 피난길에서 먹어 보았던 '은어' 생각이 난 거야. 그래서 '은어'를 구해 오도록 했지. 그런데 구해온 '은어'를 먹어 보니 옛날 피난길에서 맛있게 먹었던 그 맛이 아니란 말이야. 그래서 임금님은 '은어'를 도로 '묵'이라 부르라 했단다. 그래서 '묵'이란 고기가 '은어'가 되고 다시 '도루묵'이란 이름으로 불리게

되었단다."

"에이, 도루묵이 너무 억울하겠다. 임금님이 어려울 때 맛있는 만찬이 되어 주었는데."

쥐치가 말했다.

"그러게 말이다. 좌우간 이렇게 이름이 불러지게 된 사연으로 인해 사람들은 애쓰던 일이 전부 헛일이 됐을 때 흔히 '말짱 도루묵'이란 말을 쓰게 되었단다."

"아, 그랬구나!"

왕눈이는 그제야 도루묵이 된 사연을 이해하는 것 같았다.

"자! 이제 모두 먹이 찾아 가거라."

어초할아버지는 이러다 어초가족들이 전부 굶어 죽겠다 싶어 밖으로 쫓아냈다.

5. 본통 터진 낚시꾼

어초마을 돌덩이 위에는 어느새 어린 미역들과 청각, 우뭇가사리가 팔랑팔랑 자라고 있었다. 어초가족들은 이 어린 해초들 사이를 이리저리 누비고 다니며 먹이를 찾아 나섰다. 해초들이 있는 곳에는 먹이들이 많기 때문이다.

왕눈이는 팔랑거리는 어린 미역과 돌덩이 사이에서 키득거리며 숨바꼭질만 하고 있는 어린 왕눈이들을 나무랐다.

"놀지만 말고 먹이를 찾아."

"알았어. 엄마. 그런데 어디서 이렇게 맛있는 냄새가 나지?"

어린것들이 무슨 냄새를 맡았는지 코를 킁킁거렸다.

냄새를 좇아 고개를 돌려보니 어린것들 옆쪽으로 갯지렁이 한 마리와 새우 한 마리가 물결 따라 팔랑거리고 있었다.

"야! 맛있는 갯지렁이와 새우다."

어린것들이 두리번거리다 먹음직스러운 새우와 갯지렁이를 발견하고는 달려갔다. 그러나 앞에 가던 조피볼락이 먼저 갯지렁이 앞으로 가고 말았다.

"아저씨! 우리가 먼저 발견했어요."

어린것들은 지느러미를 부지런히 놀렸지만 어림없었다.

"먹이에 이름 써 붙였냐? 먼저 먹는 놈이 임자지."

어린것들은 다시 새우를 먹으러 갔지만 왕눈이 먼저 뭔가 의심스러운 듯 이리저리 살피며 앞을 막았다.

"엄마! 배고프단 말이야."

"뭔가 이상해."

그때 어초할아버지의 고함소리가 들렸다.

"그 갯지렁이와 새우를 먹지 말거라."

왕눈이와 조피볼락이 어초할아버지를 돌아봤다.

"왜요?"

조피볼락이 말했다.

"인간들이 너희들을 낚기 위해 던진 미끼다."

"······!?"

"이 바보들아. 낚싯줄이 보이지 않느냐?"

"보이지 않아요. 갯지렁이와 새우만 보여요."

조피볼락이 다시 한 번 별 걱정을 다 한다는 듯이 말했다.

"하기야 영악한 인간들이 너희들 눈에 보이게 미끼를 던졌겠느냐."

왕눈이는 어초할아버지의 말을 듣고 어린것들을 막았다. 하지만 조피볼락은 어초할아버지 말을 듣지 않았다. 낚시 줄은 보이지도 않는데 어초할아버지가 괜한 걱정을 하는 것이라 생각 한 것이다.

조피볼락은 갯지렁이를 덥석 물었다. 순간 낚시가 목을 '쿡' 찔렀다. '꽥꽥'거리며 버둥거렸지만 어림없었다. 잠시 버티는가 싶더니 이내 물 위로 포물선을 그리며 끌려가고 말았다. 왕눈이는 '휴'하고 안도의 숨을 내쉬며 감격한 눈으로 어초할아버지를 바라봤다.

"쯧쯧, 불쌍한 것. 너희들도 보았지? 어른들 말을 듣지 않고 생각 없이 욕심만 많으면 저렇게 되는 거야. 항상 조심하여 살펴보고 행동해야지."

어초할아버지가 조피볼락이 낚시에 끌려올라가는 것이 안타까운 듯 바라보면서 어초가족들이 이를 교훈으로 삼으라는 듯이 말했다.

"조피볼락은 생긴 것부터가 입이 커다란 것이 덤벙거리고 욕심이 많아 탈이야."

까치복이 잘난 척 앞으로 나서며 말했지만 다른 어초가족들은 조피볼락이 불쌍하여 다들 슬픈 표정들이었다.

어초할아버지는 슬퍼하는 어초가족을 위해 조피볼락의 복수를 해야 되겠다고 생각했다.

"그럼, 까치복 너는 낚시에 걸리지 않을 자신이 있느냐?"

"예."

까치복은 자신 있게 말했다.

아직 새우 미끼를 단 낚시는 앞에서 팔랑거리고 있었다.

"그럼 저 새우를 한번 따먹어 봐라. 그러나 내가 시키는 대로 해야 한다. 그렇지 않으면 너도 인간들의 좋은 술안주 감이 되고 만다."

"염려 마세요. 나는 사람을 죽일 독을 가지고 있을 뿐 아니라 조피볼락처럼 함부로 덤비지 않아요."

"그래도 조심해야 한다. 네가 아무리 사람을 죽일 수 있는 독을 가지고 있어도 사람들은 네가 너무 맛있어 독을 처리할 전문 요리사를 두고 너를 잡아먹는다는 것을 잊지 말아라."

"알겠습니다. 조심해야 할 것을 일러 주세요."

까치복이 건방을 떨다가 어초할아버지께 꾸중을 듣고는 수그러들었다.

"네가 약은 줄이야 알지만 먹이를 한입에 덥석 먹지 말거라. 그 먹이 속에 뭐가 숨겨져 있을지 모르니까. 만약 낚시가 숨겨져 있다면 그 길로 인간에게 잡혀 가고 만다.

다음은 의심스러운 지렁이나 새우 등은 머리부터 먹지 말거라. 인간들은 대개 너희들이 먹이의 머리부터 먹는 것을 알고는 머리 쪽에다 낚시 바늘을 숨긴다. 그러므로 뒤쪽부터 야금야금 떼어먹도록 해라. 마지막으로 먹이를 떼어먹을 때는 권투선수가 치고 빠지는 식으로 신속히 떼어먹고 신속히 빠져야 한다. 서투른 낚시꾼이 휘두르는 낚시에 생각도 못한 몸통이 걸려 사람들의 제물이 되는 수가 있느니라. 이상이다. 이런 사항들만 명심하면 별 탈은 없을 것이다."

"알겠습니다."

까치복은 조피볼락의 원수라도 갚을 듯이 까칠한 배에다 잔뜩 바람을 넣어 산처럼 부풀리고 이빨을 뿌드득 갈았다. 그리고는 새우미끼 앞으로 다가 서며 전투태세를 취했다.

어초할아버지가 시키는 대로 새우 미끼를 이리보고 저리 보면서 꼬리부터 야금야금 쪼아 먹었다. 그럴 때마다 낚시는 올라갔다 내려갔다 춤을 추었다. 미끼가 없어지면 새 미끼가 끼워져 다시 내려오곤 했다.

"와! 재밌다."

다시 까치복이 건방을 떨었다.

"까불면 안 된다. 생명이 달린 문제다."

어초할아버지는 엄한 말로 주의를 줬다.

"할아버지가 시키는 대로 하면 아무 탈 없겠어요."

까치복은 어초할아버지의 엄한 말에 머쓱한 듯 겸연쩍게 말했다.

"항상 사고는 방심에서 생긴다. 겸손하고 조심해라."

어초할아버지는 조심시키고 또 조심시켰다. 고기들은 재밌고 부러운 듯 까치복을 보고 있었고 몇 번인가 미끼를 떼인 낚싯줄은 화가 났는지 장소를 옮겨 어초할아버지 앞의 돌무더기 앞으로 왔다.

"옳거니! 이제 이놈들 맛 좀 봐라."

어초할아버지 앞으로 온 낚시 줄을 보며 이렇게 말하며 회심의 미소를 지웠다.

물살이 어초할아버지 앞으로 가볍게 흘러가고 있었다. 어초할아버지는 이을 이용하여 낚시를 돌 틈사이로 슬슬 밀어 넣었다. 낚시는 금방 돌에 걸리고 말았다. 낚싯줄은 낚시를 빼려고 팽팽하게 당겨졌다. 그러나 어림없었다. 큰 돌멩이에 걸린 낚시는 끌려 올라갈 수가 없었다. 오른쪽 왼쪽, 낚싯줄은 '시웅시웅' 소리를 내며 요동을 쳤지만 결국 '팽'하고 터지고 말았다. 조피볼락을 낚

아 재미를 본 갯지렁이를 사용한 낚시도 몇 번 오르락내리락 하다가 결국은 돌덩이에 걸려 낚싯줄이 터지고 말았다.

"이상하다 옛날에는 이곳에 멍이 없었는데?"

배 위에서 인간들의 말소리가 들리는 것 같았다.

어초할아버지는 빙그레 미소를 지었다.

어초할아버지 앞에 모여서 이 광경을 보고 있던 어초가족들은 전부 조피볼락의 원수라도 갚은 양 꼬리를 치며 아가미를 벌름거렸다.

6. 새끼 낳는 망상어

시간이 흘러 조피볼락이 낚시에 끌려간 슬픔도 차츰 사라져 갈 무렵이었다. 암놈 망상어가 배를 움켜쥐고 낑낑거렸다. 옆에 붙어있던 수놈 망상어가 어쩔 줄을 몰라 당황하고 있었다. 어초 할아버지는 이런 망상어를 바라보면서 말했다.

"우리 마을에 처음으로 어린 물고기가 태어날 모양이다."

"어린 물고기가 태어나다니요?"

문어가 황소 눈을 껌벅거리며 이상하다는 듯이 물었다.

"너희들은 알을 낳지만 망상어는 새끼를 낳지 않느냐."

어초할아버지와 문어가 이야기하는 사이 낑낑 앓고 있던 망상 어의 배에서 망상어 새끼의 꼬리지느러미가 삐쭉이 나왔다.

"어! 망상어 새끼가 거꾸로 나온다."

망상어가 새끼를 낳는 것을 보고 있던 까치복이 큰 일 났다는 듯이 걱정스럽게 말을 했다.

"걱정할 것 없다. 망상어는 저렇게도 새끼를 낳는다. 그러나 사 람들은 저렇게 되면 옛날에는 죽기도 했단다. 지금이야 의술이 발달하여 병원에서 수술을 해서 낳지만 말이다."

"우리가 알을 낳는 것보다 몇 배나 어렵겠다."

까치복이 걱정스럽게 말을 했다.

"그렇지. 새끼를 낳는 고기들은 뱃속에서 새끼를 키워서 내 놓으니까 훨씬 고생스럽겠지."

왕눈이가 애처롭다는 듯이 말했다.

"어, 새끼가 또 나온다."

옆에 있던 어린 왕눈이들이 신기하다는 듯이 바라보고 있었다.

망상어는 새끼를 13마리나 낳았다. 새끼들은 어미 뱃속에서 나오자마자 팔랑팔랑 헤엄쳐 다녔다. 수놈 망상어가 이런 새끼들을 보호하고 있는 사이 새끼를 다 낳은 암놈은 비실거리더니 낙엽처럼 포물선을 그리며 살랑살랑 어초할아버지 옆 갯벌 바닥으로 떨어졌다. 망상어는 몇 번인가 꿈틀거리다 죽었는지 꼼짝을 하지 않았다.

망상어와 가까이 지냈던 왕눈이가 이 광경을 보고는 깜짝 놀라서 달려가 입으로 이리저리 흔들어 봤지만 허사였다.

"그냥 둬라. 어쩔 수 없는 일이다. 망상어는 새끼를 낳으면 죽는 법이다."

어초할아버지는 애달파하는 왕눈이를 보면서 말했다. 이제 갓 태어난 어린 망상어들은 자기 어미가 죽은 줄도 모르고 까불고 돌아다녔고 수놈 망상어는 이들을 보호하느라 정신이 없었지만

그 와중에도 죽은 암놈 망상어를 찾아가 그 앞을 몇 번이나 빙글빙글 돌며 슬퍼하는 모습이었다.

암놈 망상어의 죽음으로 다시 어초마을의 분위기는 무거워졌다.

갯벌 바닥에 있는 죽은 망상어에는 어느 틈에 별모양의 불가사리들이 달라붙어 시체를 빨아먹고 있었다. 몇 걸음 옆으로는 낙지 한 쌍이 갯벌 속에 굴을 파 집을 짓고 있었다. 지난번 어초할아버지 덕택에 살아난, 그물에 끌려가던 낙지였다. 이것을 본 어초할아버지는 혀를 끌끌 찼다.

"어초할아버지, 왜 혀를 차세요?"

가까이 있던 어린 왕눈이들이 죽은 망상어를 빨아먹고 있는 불가사리를 바라보며 슬퍼하고 있다가 어초할아버지가 혀를 차는 이유를 물었다.

"저 낙지도 망상어 신세가 되어 불쌍해서 그런다."

어초할아버지는 어린 왕눈이들에게 건성으로 대답을 하고는 계속 측은한 눈으로 낙지를 바라보고 있었다.

"낙지도 죽나요?"

이런 어초할아버지를 어린 왕눈이들이 호기심 어린 눈으로 쳐다보며 물었다.

"그래, 저들도 산란을 하기 위해 집을 짓고 있지만 산란을 하고 나면 죽는단다."

어초할아버지는 좀 귀찮은 듯이 말했다.

"왜 죽어요?"

궁금한 것이 많은 어린 왕눈이들은 어초할아버지가 귀찮아하는 것도 아랑곳하지 않았다.

"그놈들! 참 끈질기구나. 낙지들은 말이다 자기들이 판 집인 굴 속에 암놈과 수놈이 같이 들어가 산란을 위해 수정을 한단다. 수정을 끝 낸 수놈은 자기가 할 일은 다했다고 생각하고 암놈을 남겨 둔 채 굴을 빠져 나오려 하지만 암놈은 수놈을 놓아주지 않는단다."

"왜요?"

어린 왕눈이는 다시 어초할아버지 턱밑으로 다가서며 물었다.

"야! 그것도 몰라?"

옆에서 이야기를 듣고 있던 까치복이 핀잔을 주며 말했다.

"아저씨는 알아요?"

어린 왕눈이는 까치복 앞으로 달려들듯이 다가가며 말했다.

"같이 있자 이거지. 말하자면 산란 때까지 같이 고생하자 이 거지."

까치복은 아주 자신 있게 말했다.

"어초할아버지, 까치복 아저씨 말이 맞나요?"

어린 왕눈이는 까치복의 말이 그럴 듯 한 것 같기도 했지만 그래도 믿을 수 없다는 듯이 어초할아버지에게 물었다.

어초할아버지는 빙긋이 웃었다.

"어초할아버지, 빨리 대답해 주세요."

궁금하면 참지 못하는 어린 왕눈이 대답을 재촉했다.

"까치복이 잘못 알고 있구나."

어초할아버지는 혹시 까치복이 자존심이라도 상할까봐 부드럽게 말했다.

"봐! 그럴 줄 알았어."

어린 왕눈이는 까치복의 말을 믿으려 했던 자기네들이 바보라는 듯이 까치복 쪽에서 획 돌아섰다.

까치복은 무안한 듯 먼 바다만 바라봤다.

"암놈 낙지는 말이다, 산란을 위해 충분한 영양을 섭취해야 하기 때문에 수놈을 잡아먹어야 한단다."

어초할아버지는 주저하다 어렵게 입을 열었다.

"예? 수놈이 힘이 더 셀 텐데 왜 잡아먹혀요?"

"그야 수놈도 태어날 새끼들을 위해 암놈한테 잡아먹혀 주는 거지."

"너무 불쌍하다."

어린 왕눈이는 눈에 눈물이 글썽했다.

"그러나 암놈도 새끼가 태어나면 새끼의 먹이가 되고 만단다."

어초할아버지는 자연의 법칙에 어쩔 수 없다는 듯이 담담하게

말했다.

"너무 슬픈 일이예요."

까치복도 당장 울음이라도 터질듯 한 얼굴이다.

옆에서 이야기를 듣던 다른 어초가족들도 슬픈 얼굴이었다. 할아버지도 이런 어초가족을 보면서 뭔가를 생각한 듯하다가 혼자소리를 했다.

'한낱 미물인 물고기도 저럴진대 하물며 동물의 영장이라는 사람이란 것들은 자기 자식을 버리지를 않나 외국으로 팔아먹지를 않나 참 한심한 것들이지.'

"할아버지 금방 뭐라고 말했어요?"

왕눈이 귀도 밝아 할아버지의 혼자소리를 조금이라도 들었던 모양이다.

"아니다. 내 혼자소리다. 자 이제 우리 귀여운 어린 망상어들을 보면서 위안을 삼도록 하자."

7. 꿈보다 해몽이 좋다

저녁노을이 붉게 물들었다. 바다 위는 온통 황금빛 너울로 일렁이고 있었다. 낮에 부지런히 먹이를 찾아다녔던 물고기들은 하나 둘 집을 찾아 들어오고 밤에 먹이를 찾아다니는 문어는 오늘따라 일찍 집을 나갔다.

민꽃게 한 마리가 '엉엉' 울면서 어초마을로 엉금엉금 기어 올라왔다. 초저녁잠이 많은 어초할아버지는 꾸벅꾸벅 졸다 눈을 번쩍 떴다.

"아니! 횡행거사가 울며 오다니."

횡행거사란, 게가 아무리 바쁜 일이 있어도 앞으로 뛰어가지 않고 옆으로 뛰어간다고 붙여진 이름이다.

"돌돔이 말하던 어초할아버지십니까?"

민꽃게는 우는 목소리로 물었다.

"그렇단다. 그런데 왜 울고 오느냐?"

"돌돔 이야기를 듣고 남편과 같이 어초할아버지를 찾아오다가 남편이 문어에게 잡혀 먹혔어요."

민꽃게가 징징거리며 어초할아버지게 하소연을 했다.

"저런! 또 겁 없이 집게발을 쳐들고 문어에게 덤볐구나."

"아니에요. 남편이 때론 겁 없이 덤비긴 해도 이번에는 아니에요."

"좌우간 문어가 너희들을 제일 잘 잡아먹지 않느냐. 빨리 몸을 피했어야지."

"문어가 비겁하게 바위 색깔과 똑같이 변색을 하고 숨어 있다가 갑자기 달려드니 아무리 용감한 남편이지만 방법이 있어야죠."

"그야 그렇긴 하다만, 너희들도 문어가 변색의 천재라는 것을 알면서도 너무 방심한 것 같구나."

"그래도 문어가 너무 비겁해요."

"세상살이는 다 그렇단다. 그러니 울지 말고 이리 가까이 오너라. 오늘부터 우리 어초마을의 새 가족이 됐으니 다시는 문어가 너를 잡아먹지 않게 하겠다."

어초할아버지는 민꽃게를 이리저리 달랬지만 징징거리는 울음을 쉽게 그치지 않았다. 잠을 자러 집을 찾아들던 어초가족들은 민꽃게의 울음소리에 하나 둘 민꽃게한테로 몰렸다.

"그렇지 않아도 분위기가 영 엉망인데 처음 오는 자식이 왜 저렇게 울음보야?"

왕눈이 제법 분위기를 잡았다.

"글쎄, 말이야."

쥐치가 맞장구를 쳤다.

어초할아버지는 암놈 망상어와 낙지의 일로 어초가족들이 슬픔에 젖어 마을 분위기가 온통 가라앉아 있다고 생각했다. 그래서 이런 침울한 분위기를 바꿔줄 필요가 있을 것 같았다.

"애들아, 아직 자지 않고 있는 어초가족들은 이리 모여라. 재미있는 이야기를 해 주마. 민꽃게 너도 징징거리지 말고 이리 가까이 오너라. 새 가족이 된 뜻에서 재미있는 우스개 이야기 하나 해 주마."

민꽃게는 그제야 울음을 멈추고 어초할아버지 곁으로 다가갔다. 어초가족들이 다 모여들었지만 문어만이 일찍 먹이를 찾아나간 탓인지 보이지 않았다. 어초할아버지는 어초가족들을 쭉 한번 둘러보고는 이야기를 시작했다.

"옛날에 말이다, '꿈보다 해몽이 좋다'는 말이 있는데 이 말이 생긴 연유를 가르쳐 주마."

민꽃게와 어초가족들은 지금까지의 어둡던 얼굴을 펴고 호기심 어린 얼굴로 어초할아버지 입만 바라보고 있었다.

어초할아버지는 헛기침을 한 번 하고는 이야기를 시작했다.

"옛날, 아주 옛날에 동해 바다에 삼천 년 묵은 멸치 한 마리가 있었단다."

"멸치가 삼천 년이나 살았어요?"

새끼는 얻었지만 부인을 잃어 슬픔에 잠겨있던 망상어가 잠시 슬픔을 잊은 채 눈이 휘둥그레지며 말했다.

"이 바보야! 옛날이야기잖아."

왕눈이 망상어에게 슬픔을 위로해야 할 처지인데 그만 깜박 잊고 핀잔을 주고 말았다.

"뭐야 날 바보라고!"

망상어가 발끈하고 나왔다. 왕눈이 미안해서 어쩔 줄을 모르고 있는데 쥐치가 튀어나왔다.

"조그만 한 것들이……좀 조용이 해! 이야기 듣자."

"뭐야! 너는 나보다 얼마나 더 커?"

왕눈이는 망상어에 대한 미안한 마음을 보상이라도 해주려는 듯 쥐치에 대해 벌컥 화를 내며 달려들었다.

"싸우지 마라. 이야기를 계속할 테니."

어초할아버지가 이렇게 말하자 금방이라도 싸울 듯했던 쥐치와 왕눈이는 멈칫했고 다른 어초가족들은 그들을 향해 눈을 흘기고 있었다.

싸움이 멎고 분위기가 잡히자 어초할아버지는 이야기를 계속했다.

"하루는 멸치가 꿈을 꿨단다. 그 꿈에 자기가 하늘로 올라갔다 땅으로 내려갔다 하고, 흰 구름이 뭉게뭉게 일며 하얀 눈이 펄펄 쏟아지고, 날씨도 변덕을 부려 더웠다 추웠다 했단다. 꿈이 하도 이상해서 메기와 대구 그리고 꼴뚜기, 병어, 새우 등을 불러 해몽을 부탁 했단다. 하지만 이들은 아무도 해몽을 할 줄 몰랐단다.

그래서 이리 저리 알아본 결과 서해 바다에 망둥이란 놈이 꿈 해몽을 잘한다는 이야기를 듣고 가자미를 시켜서 망둥이를 데려오도록 했단다."

어초할아버지가 이야기를 시작하자 어느 틈에 초저녁부터 먹이를 찾아 나섰던 문어가 자기가 가장 좋아하는 민꽃게 한 마리를 잡아먹고는 기분이 좋아 코를 벌름거리며 다리를 쭉쭉 밀어 어초할아버지 앞으로 왔다. 어초할아버지는 이런 문어를 보면서 크게 나무랐다.

"문어야! 조금 전에 네가 민꽃게 한 마리를 잡아먹었느냐?"

그제야 문어는 어초할아버지 옆에 있는 민꽃게를 발견하고는 '찔끔'하고 놀라는 눈치였다. 민꽃게는 이런 문어를 눈을 꼿꼿이 세워서 노려봤다.

"우리 식구가 될 줄은 몰랐어요."

문어는 고개를 푹 숙이고 기어들어가는 목소리로 대답했다.

"그래, 지나간 일은 어쩔 수 없고, 이제 민꽃게가 우리 식구가 되었으니 아무리 네가 좋아하는 먹잇감이라도 절대 잡아먹어서는 안 된다."

"예."

어초할아버지는 문어의 대답을 듣고 민꽃게를 바라봤다.

"민꽃게야! 이제 문어가 약속을 했으니까 지난일은 잊어버리고 사이좋게 지내도록 해라."

"……예."

민꽃게는 아직도 문어에 대한 감정이 완전히 풀린 것은 아니었지만 어초할아버지의 말씀이라 작은 소리로 대답을 했다.

"그럼 이제 됐다."

어초할아버지는 이렇게 말을 하고는 이야기를 계속했다.

"멸치가 시키는 대로 가자미는 서해바다까지 가서 고생고생해서 망둥이를 극진이 모셔왔단다. 멸치는 망둥이를 성대하게 대접하고는 자기가 꾼 꿈 이야기를 해 주며 해몽을 부탁했단다.

꿈 이야기를 가만히 듣고 있던 망둥이는 갑자기 무릎을 탁 치면 서 '그것이 바로 용꿈입니다' 하고는 해몽을 했단다.

'어르신네께서 삼천 년 수양을 쌓으시더니 이제 용이 되어 조화를 부릴 징조올시다. 자, 보십시오. 하늘로 올라갔다 땅으로 내려왔다 마음대로 하시니 용 아니고서야 어떻게 그럴 수 있겠습니까. 안개를 일으켜 마음대로 얼리시면 눈이 되어 쏟아질 건 당연한 이치요, 흰 구름을 일구어 마음대로 타고 천하를 주유하시고, 때론 추위로, 때론 더위로 천지의 계절을 조정하시니 이것이 곧 용이 되어 조화를 부리실 꿈이 아니고 무엇이겠습니까?' 하고 근사하게 해몽을 했단다.

멸치는 이런 망둥이의 해몽을 듣고는 기분이 좋아서 어쩔 줄을 몰라 했단다. 역시 해몽은 망둥이가 최고라며 술잔을 권하고 잔치를 벌이는 등 칭찬을 아끼지 않았단다. 그런데 옆에서 가자미가 그 광경을 보고 있자니 자기가 서해까지 가서 망둥이를 데려 온 것에 대해서는 술 한 잔은커녕 수고했다는 말 한마디 없으면서 망둥이에게만 극찬하는 것에 대해 너무나 부아가 나서 도저히 참을 수가 없었단다. 그래서 큰 소리로 망둥이를 꾸짖었단다.

"'네 이놈! 송장이 다 된 늙은 망둥이 놈아 해몽을 하려면 올바르게 해야지 멸치에게 아첨이나 해서 되겠느냐. 내 해몽을 들어봐라.'"

이렇게 말하고는 가자미가 망둥이와는 반대로 해몽을 했단다.

여기서 어초할아버지는 입에 침이 마른 듯 밭은기침을 한 번하고 잠시 숨을 돌렸다. 어초가족들은 꼬리지느러미를 강아지 꼬리처럼 살랑살랑 흔들면서 다음 이야기를 기다렸다.

어초할아버지는 가자미의 해몽 이야기로 이어졌다.

"강태공의 세월 낚듯, 기다리는 낚시 바늘에 멸치 놈이 물렸구나! 낚싯대를 휙 낚아채니 멸치 놈이 하늘을 올라갔다 내려올 것은 정한 이치가 아니냐. 저녁 반주에 안주로 쓰기 위해 멸치를 석쇠에 올려놨으니 허옇게 연기가 나 흰 구름이 뭉게뭉게 일어

나는 것 같지 않았겠느냐. 멸치 구이에 간을 맞추기 위해 소금을 슬슬 뿌리니 흰 눈이 펄펄 날리는 것 같이 보일 수밖에, 불을 일구기 위해 부채질을 하니 더웠다 추었다 할 게 아니냐. 멸치 놈이 삼천 년이나 살다 비명횡사할 꿈을 어찌 길몽으로 해몽하느냐."

가자미의 이 해몽을 듣고 있던 멸치란 놈, 얼굴이 붉으락푸르락 하여 분을 참지 못하고 벌떡 일어났단다.

"이 천하에 고얀 놈, 뭣이 어쩌고 어째? 하면서 가자미의 뺨을 한 대 사정없이 후려치는데, 어찌나 세게 쳤던지 그만 눈이 한쪽으로 획 돌아가고 말았단다. 옆에 있던 망둥이는 너무 놀라 눈이 툭 튀어 나왔고, 겁이 난 꼴뚜기는 얼른 눈을 뽑아 꽁무니에 숨겨 눈이 꽁무니에 붙었고, 메기와 대구는 어찌나 크게 웃었던지 입이 귀 뒤까지 찢어졌으며, 병어는 무슨 변을 당할지 몰라 입을 틀어막고 웃다가 입이 작고 뾰족해 졌단다. 또 새우는 높은 곳에 서서 구경하다 놀라 떨어져 허리를 다쳤는데 그래서 대대로 꼽추가 되었단다."

어초할아버지는 이야기를 끝내고 빙긋이 웃으면서 어초가족들을 둘러봤다.

"이상이다. 어떠냐?"

어초가족들은 입이 찢어지게 웃고 있었다.

"그렇게 재미있느냐?"

"예, 정말 재미있어요."

어린 왕눈이 귀염을 떨면서 말했다.

"여기서 생각하는 바가 없느냐?"

어초할아버지는 어초가족들을 둘러보며 물었다.

"같은 꿈을 가지고 생각하기에 따라 좋게도, 나쁘게도 해몽할 수 있지만 살아가는 데는 망둥이의 해몽법이 좋겠네요."

영리하고 약삭빠른 문어가 말했다.

"그보다 하필 왜 물고기 중에서 제일 힘없고 약하고 일 년밖에 못사는 멸치를 주인공으로 했을까요?"

왕눈이가 웃다가 정신이 든 듯 말했다.

"그래, 너희들이 이야기 속의 큰 뜻을 다 말한 것 같구나. 문어와 같이 이래도 되고 저래도 될 것 같으면 이왕이면 좋게 하는 것이 좋지 않겠느냐. 멸치를 주인공으로 한 것은 좀 더 재밌게 하기 위한 것도 있지만 항상 큰 물고기들한테 잡아먹히기만 하는 작은 물고기들의 대리 만족을 위한 것이라고 보면 되겠지."

물고기들은 고개를 주억거리면서도 계속 입을 다물지 못하고 웃기만 했다.

어초할아버지는 무겁고 어두웠던 어초마을의 분위기를 이제야 걷어냈다는 생각에 기분이 흐뭇했다.

"그럼 이제 다들 자기 집으로 돌아가서 자거나 먹이를 찾아 나가거라."

어초가족들은 아직도 입가에 웃음을 지우면서 전부 자기 갈 곳으로 뿔뿔이 헤어졌다.

바다는 오징어 먹물처럼 어둠이 찾아들었고 그 어둠위로는 별들이 찰랑찰랑 바다에 안겨들었다.

8. 자리를 떠나온 자리돔

"아유, 왕짜증난다. 이 좁은 곳에 이렇게 많은 고기들이 살면 어떻게 해! 사람들에게 단체로 잡혀가기 딱 좋지."

돌돔이 어초할아버지와 약속도 지키고 좋은 먹잇감도 찾을 겸 바위 마을에 왔다가 떼를 지어 몰려다니는 자리돔을 보고 하는 말이었다. 이 말을 지나가면서 들은 자리돔 한 마리가 삐죽거렸다.

"웃기고 있네. 식구는 많고 장소는 좁은데 어떻게 해!"

"그럼 넓은 곳을 개척해야지."

옆에 있던, 눈 옆에 까만 점이 있는 점박이 자리돔 한 쌍이 돌돔 말에 귀를 쫑긋했다.

"넓은 곳을 개척하라! 말은 좋은 말인데!"

"왜? 자신 없어?"

"글쎄!"

"저 위로 올라가면 어초마을이란 곳이 있어. 새로 생긴 동네가 되어 아직 좀 썰렁하지만 앞으로 많이 발전할 마을이야. 그곳에 는 어초 할아버지가 계시는데 재미있는 이야기도 해줘."

돌돔은 어깨를 으쓱하며 말했다.

"그래. 그런 곳이 있단 말이지?"

점박이 자리돔은 귀가 솔깃해졌다.

"그렇다니까."

돌돔은 점박이 자리돔이 관심을 가지는 것을 보고는 더욱 자신 있게 말했다.

"여기서 멀어?"

"너희들한테는 좀 멀지."

"그래도 갈 수는 있겠지?"

"하겠다는 마음만 먹으면 안 될 것이 뭐가 있겠어."

"그래. 좋아. 친구들을 설득해서 같이 가자고 하지. 만약 같이 안가겠다고 하면 우리 부부 만이라도 가겠어."

점박이 자리돔은 굳은 결심을 하듯 말했다.

"너는 자리돔 같지 않게 참 용감하구나."

돌돔이 자리돔을 칭찬하며 부추기자 자리돔은 결심을 더욱 굳히며 우쭐해 했다.

돌돔이 가고나자 점박이 자리돔은 그날부터 친구들에게 이 비좁은 바위마을을 떠나서 새로운 곳을 개척해 보자고 설득하고 다녔다.

"친구야! 돌돔이 그러는데 저 아래 새로운 어초동네가 생겼는데. 새로 생긴 동네라 고기들도 많지 않고, 또 어초할아버지가 있어 재미있는 옛날이야기도 해 준다는데 같이 가지 않을래?"

그러나 친구들의 반응은 차가웠다.

"친구야, 우리는 자리돔이야. 자리돔은 멀리 이동하지 않고 한자리에서 일생을 보낸다고 해서 이름까지 자리돔이야. 어디를 간단 말이냐?"

"이봐, 이제 우리도 생각을 바꿔야 해. 옛날 생각이나 습관에서 벗어나지 않으면 안 돼."

아무도 점박이 자리돔이 말하는 이야기를 들으려 하지 않았고 또 듣는다 하더라도 위험하고 고생스럽다 하여 따라 나서려고 하지 않았다.

점박이 자리돔 부부는 어쩔 수 없었다. 자기들만이라도 바위마을을 떠나 어초마을로 갈 수밖에 없었다고 생각했다.

"우리가 너무 위험한 짓을 한 게 아닐까요?"

암놈 자리돔이 아무래도 염려가 된다는 듯이 말했다.

"아니야. 뜻이 있는 곳에 길이 있다는 말도 있잖아."

수놈 점박이 자리돔이 이런 암놈에게 염려 말라는 듯이 말했다.

"그래도 이렇게 먼 바다까지 나왔는데 보이는 것은 아무것도 없잖아요?"

"곧 어초마을이 보일거야. 그보다 바위마을의 좁은 곳에서 살다가 이렇게 넓은 바다로 나오니 얼마나 좋아. 가슴이 확 트이잖아."

점박이 자리돔이 불안 해 하는 암놈 자리돔을 위로하기 위해 하는 말이지만 사실 자기도 불안하기는 마찬가지였다. 이렇게 멀리까지 나와 본 것도 처음이지만 당장 큰 물고기라도 나타나면 어떻게 되겠는가!

"여보, 아무래도 돌아갈까 봐요."

"염려 마. 곧 어초마을이 나타난다니까."

"참말 어초마을이 있을까요?"

"그렇다니까. 그 마을에는 어초할아버지가 계시는데 고기들도 지켜 주고 재미있는 이야기도 해 준다고 했잖아. 당신도 들었잖아."

"듣긴 했지만......."

"고생스럽고 불안하기는 하지만 조금만 더 참고 가 보자고."

"그래요. 당신을 믿을게요."

이렇게 점박이 자리돔 한 쌍은 서로 의지하고 용기를 주면서 넓은 바다를 힘껏 헤엄쳐 나왔다.

　멀리 나올수록 물살이 빨라 헤엄치기가 힘들어 지고 불안도 더 커졌다. 바위마을을 떠나온 것을 후회하는 마음도 생겨났다. 하지만 평생을 그 좁은 마을에서 살고 싶지도 않았다. 뭔가 새로운 곳을 개척해 보고 싶은 마음이 늘 가슴에 가득 차 있었기 때문이다.

　"아! 정말 바다가 넓기도 하다."

　점박이 자리돔은 불안과 고통을 이기기 위해 심호흡을 하고는 다시 한번 먼 바다를 살폈다. 그때였다. 눈앞에 뭔가 뿌옇게 보였다. 좀 더 가까이 가서 살폈다. 그 것은 낡은 배였다. 배가 바위 같은 돌을 잔뜩 싣고 누워 있었다.

　"여보! 여보! 저길 보라고. 바로 저것이 돌돔이 말한 어초마을

이야.”

암놈 자리돔은 수놈 점박이 자리돔이 기뻐서 흥분하며 가리키는 곳을 바라봤다.

“어초마을이라는 곳이 참 이상하게도 생겼네요.”

수놈 점박이 자리돔은 이런 암놈 자리돔을 밀면서 마지막 힘을 다해 어초마을로 들어갔다.

“어! 자리돔이 온다.”

왕눈이 먼저 자리돔을 발견하고 어초가족들에게 큰 소리로 말했다.

“정말!”

어초가족들은 헤엄쳐 오는 자리돔을 바라봤다.

주변 마을들을 한 바퀴 쭉 돌고 이제 막 들어온 돌돔이 폼을 잡으면서 자리돔 앞으로 쓱 나섰다.

“왔냐!”

“그래, 돌돔아. 정말 고맙다.”

“고마울 것까지야. 가서 어초할아버지께 인사 드려.”

“그래.”

주위에 있던 어초가족들이 하나 둘 모여들었다.

“조그마한 것이 갑옷을 입은 것 같이 단단해 보인다.”

까치복이 말했다.

“조그마해도 제법 돔같이 생겼다. 그치.”

어린 왕눈이 말했다.

이렇게 어초가족들이 너나없이 한 마디씩 했다.

"어서들 오너라."

어초할아버지도 점박이 자리돔 한 쌍을 반갑게 맞았다.

"어초할아버지, 안녕하십니까? 이곳이 살기 좋고, 할아버지가 재미있는 이야기도 해 준다고 해서 이렇게 먼 곳까지 찾아왔습니다."

수놈 점박이 자리돔이 제법 점잖게 인사를 했다.

"그래, 잘 왔다. 어디서 왔느냐?"

"저 위쪽 바위마을에서 왔습니다."

"멀리서 왔구나. 어찌 알고 찾아 왔느냐?"

"돌돔이 이야기해 줬어요."

"그래!"

점박이 자리돔이 돌돔 때문에 여기 왔다는 말에 돌돔은 어깨를 으슥했다.

"그런데 어찌 너희들만 왔느냐?"

"다들 멀고 위험하다고 가지 않겠다고 했어요."

"그래, 자리돔 너희들은 자기가 난 자리에서 떠나지 않는다고 자리 돔이란 이름까지 얻었는데 너희 부부는 정말 용감하고 개척 정신이 뛰어나구나."

"감사합니다. 칭찬을 해주셔서."

점박이 자리돔 부부는 겸손까지 했다.

“그럼 여기 어초마을가족들에게 인사 하도록 해라.”

어초할아버지는 점박이 자리돔 부부를 어초가족들에게 인사를 시켰다.

“어초마을 가족 여러분! 안녕하세요? 저는 눈 옆에 까만 점이 있어 점박이 자리돔이라 해요. 앞으로 잘 부탁해요.”

“그래요. 우리 사이좋게 지내요.”

점박이 자리돔이 점잖고 겸손하게 인사를 하니 어초가족들도 덩달아 점잖고 겸손한 것 같았다.

“점박이 자리돔 너희들의 용감한 모습을 보니 갑자기 이면수어가 생각 나는 구나!”

어초할아버지는 점박이 자리돔을 자랑스러운 듯 보면서 말했다.

“이면수어가 고기 이름 이예요. 사람 이름 이예요?”

“원래는 사람 이름인데 고기 이름이 됐지.”

점박이 자리돔이 처음 듣는 고기 이름인 듯 고개를 갸우뚱했다.

“그래, 동해안의 찬물에서 나는 물고기라 너희는 알 수가 없지. 어쨌든 이면수라는 어부가 이 고기를 처음 잡았다고 이 사람의 이름을 따서 이면수어란 이름을 붙였단다.

이면수어는 놀래기와 사촌간이라 어릴 때는 다 같이 자라난단다. 하지만 크면서 놀래기와는 달리 먼 바다로 가는 꿈을 꾼단다.”

“그래서요?”

돌덩이 사이에 있던 왕눈이 구미가 당기는 듯 어초할아버지 앞으로 바짝 다가갔다.

"왜? 왕눈이 너도 먼 바다로 가는 꿈을 갖고 있느냐?"

"아니요."

"그런데 왜 이렇게 바짝 붙어 앉으며 이야기를 들으려 하느냐?"

"할아버지 이야기는 항상 재미가 있잖아요."

"그래! 고맙다. 그럼 이야기를 계속하자. 놀래기는 크면서 큰 고기들을 피해서 안전하게 바위나 해초 사이에서 놀거나 숨어 살았는데 이면수어는 사촌인 놀래기와는 달리 물 위로 올라가서 먼 바다를 바라보며 저 먼 바다에는 뭐가 있을까? 누가 살고 있을까? 늘 궁금했단다. 그래서 그곳을 한번 가보고 싶어 매일같이 먼 바다로 가는 힘을 길렀단다. 멀리 헤엄치는 연습과 물 위에 뜨는 연습, 그리고 물 밑으로 내려앉는 연습 말이다. 이렇게 계속 연습을 하다 보니 몸은 더 단단해지고 부레는 점점 더 커져 결국 이면수어는 먼 바다로 가는 꿈을 이루었고 대신 놀래기는 점점 몸도 약해지고 부레도 작아져서 결국은 바다 밑 해초 밭이나 바위 사이에만 살게 되었단다."

"할아버지, 저도 이면수어 같이 연습하면 먼 바다로 갈 수 있을까요?"

어초할아버지의 말이 끝나자 쥐치가 당장이라도 이면수어와 같이 수영연습이라도 할 듯이 나섰다.

"말아라. 숭어가 뛰니까 망둥이도 뛰려는 꼴이다."

옆에 있던 돌돔이 쥐치에게 핀잔을 줬다.

"너무 그러지 마라. 쥐치 팔자 알 수가 없는 일이다."

어초할아버지는 이런 고기들을 보면서 빙그레 웃었다.

"또 사람들이 이 이면수어의 껍질을 참 좋아 해서 '강원도 남정네는 이면수어 껍질 쌈밥만 먹다가 배까지 팔아먹는다' 는 속담이 있을 정도란다."

"이면수어를 한번 만나보고 싶다."

쥐치가 입맛을 다시며 말했다.

"그렇다면 추운 동해로 올라가 보렴."

왕눈이 입을 삐죽거리며 말했다.

9. 전설의 웅어

"어초할아버지!"

어린 왕눈이들이 어초할아버지 앞으로 바짝 당겨 서면서 어초할아버지를 불렀다.

"왜 그러느냐?"

"오늘 돌돔 덕에 점박이 아저씨부부가 왔으니까 약속대로 재미있는 이야기 하나 해 주세요."

"점박이 아저씨?"

"점박이 자리돔 아저씨라고 길게 말하기보다 그냥 점박이 아저씨라고 부르는 것이 좋지 않아요."

"그놈들 참 명랑하구나. 그럼 점박이 자리돔에게 한번 물어보자."

"좋아요. 이름은 부르기 좋은 것이 좋으니까요."

점박이 자리돔이 주저 없이 쾌히 승낙했다.

"그럼 너희들 이름은 이제 점박이라 한다."

"예."

"어초할아버지 이제 이야기 해 주세요."

어린 왕눈이 재촉을 했다.

"조금 전에 이면수어 이야기 하지 않았니?"

"에이, 그건 정식으로 하는 이야기가 아니잖아요."

"맞아."

까치복이 맞장구를 쳤다.

주위에 모여 있던 다른 어초가족들도 이야기를 졸랐다.

"그래, 그렇다면 약속은 약속이니까 지켜야지. 그럼 너희들 웅어 알지?"

"예, 알아요."

"저는 모르는데요."

대체로 이곳저곳을 후비고 다니는 돌돔과 복어는 알고 있었지만 항상 한곳에만 사는 왕눈이나 점박이 등은 잘 모른다고 했다.

"그래, 잘 모를 거야. 웅어의 크기는 사람들의 손바닥만 하고 머리는 작고 몸통은 넓으나 꼬리는 가늘단다. 성질 급한 밴댕이와 비슷하지."

"그럼 웅어도 성질이 급하겠다!"

왕눈이 어초할아버지의 말 중간에 톡 튀어 나왔다.

"임마! 네 성질이 더 급하다. 좀 가만히 있어라. 이야기 듣게."

돌돔이 날카로운 주둥이로 왕눈이를 쥐어박을 듯이 하자 왕눈이는 등지느러미를 바짝 세우고는 방어 자세를 취했다. 왕눈이는 비록 몸집은 작지만 절대 지지 않았다.

"싸우지 마라."

어초할아버지는 이렇게 말을 하고는 이야기를 계속해 나갔다.

"웅어는 겨울에 깊은 바다에서 살다가 봄이 되면 자기가 태어났던 강으로 올라와 갈대숲에다 알을 낳는 단다."

"연어하고 닮았네요."

돌돔이 말했다. 이런 돌돔을 보면서 왕눈이가 입을 삐죽거리며 혼자 소리로 말했다.

"자기도 중간에 튀어 나오면서……."

돌돔은 자기가 먼저 한 일이 있어 왕눈이가 입을 삐죽거리며 혼자 소리로 하는 말을 들었으면서도 못들은 척했다.

왕눈이와 돌돔의 이런 다툼이 귀여워 어초할아버지는 이야기를 하면서도 빙긋이 웃었다.

"웅어는 산란을 위해 강으로 올라올 때 가장 맛이 좋아 사람들이 잡아서 회를 해 먹기도 하고 젓갈을 담아 먹기도 한단다. 그래서 옛날에는 임금님의 밥상에 올라가는 진상품이었단다. 심지어 임금님께 계속해서 이 웅어를 갖다 바치기 위해 이 업무를 맡아서 하는 위어소라는 곳도 만들었단다."

"그렇게 유명했어요?"

까치복이 아무래도 믿기지 않는다는 듯이 말했다.

"그렇단다." 까치복이 머리를 갸웃거렸다.

"그래서 이름도 많단다. 의리가 있는 고기라 하여 의어(義魚)라고도 하고 갈대숲에다 알을 낳는다고 갈대 위자를 써서 위어(葦魚)라고도 했단다."

"갈대숲에다 알을 낳는다고 웅어를 '위어'라고 불렀다는 것은 한자 풀이를 해보면 이해가 가지만 의리가 있어 '의어'라고 했다는데 무슨 의리가 있다는 것입니까?"

문어가 황소 같은 눈을 껌벅거리며 어초할아버지께 물었다.

"그래 잘 물었다. 바로 그것이 첫 번째 웅어에 대한 이야기다."

"그럼 두 번째 이야기도 있다는 것입니까?"

처음 이야기를 듣는 점박이가 아가미를 벌름 거리며 물었다.

"있지. 아주 슬픈 사랑이야기지."

"그럼, 그것도 이야기해 주시는 거죠?"

"글쎄다. 처음 이야기를 재미있게 잘 들으면 그때 생각해 보마."

"이야기 잘 들을게요."

주위에 좀 떨어져 있던 어린 왕눈이와 쥐치들도 모두 어초할아버지 앞으로 모여 들어 어초할아버지 입만 바라보고 있었다. 그러나 어린 망상어들은 큰 고기들을 피해 멀리 떨어져 자기네들끼리 옹기종기 모여 있었다. 어초할아버지는 이를 불쌍히 여기고는 이들도 가까이 불렀다.

"얘들아! 너희들도 이리 가까이 오너라."

"고맙습니다, 할아버지."

어린 망상어들이 가까이 오자 어초가족들은 전부 가까이 모인 듯 했다. 그러자 어초할아버지는 이야기를 시작했다.

"옛날 백제가 당나라와 싸워서 망했을 때의 이야기다. 당나라의 장수인 소정방이 백제의 서울인 부여에 쳐들어와 백제왕이 제일 맛있게 먹은 음식이 무엇이냐고 물었단다. 그러자 신하들이 일제히 웅어라고 말을 했지. 그 말을 들은 소정방은 즉시 웅어를 잡아오도록 명령했단다. 그러나 웅어를 잡던 백마강에서 아무리 그물을 쳐도 그렇게 많던 웅어가 한 마리도 잡히지 않았단다."

"왜 한 마리도 잡히지 않았을까요?"

왕눈이의 커다란 눈이 동그래졌다. "웅어들이 백제를 멸망시킨 장수의 식탁에 올라갈 수 없다고 전부 물밑 깊숙이 숨었기 때문이지."

"정말 의리 있다."

돌돔이 감탄하며 말했다.

"그래, 그보다 더 의리 있는 것은 당나라에 끌려가던 백제의 포로들이 탄 배가 금강을 지나 갈 때란다. 웅어들이 분노하여 배를 들이받아 자살까지 했다는 것이다. 그래서 그때부터 웅어는 의리가 있다고 하여 '의어'라 했단다."

"정말 우리가 배워야 할 점이다."

"맞아."

왕눈이 감격 해 했고 옆에 있던 돌돔이 맞장구를 쳤다.

"어초할아버지, 이제 사랑이야기 해주세요."

점박이가 말했다.

"그래, 오늘은 점박이 네가 처음 여기 온 것을 환영하는 의미에서 이야기를 다 해 주마."

"고맙습니다, 어초할아버지."

점박이가 예의 바르게 인사를 드렸고, 어초할아버지는 이야기를 시작했다.

"옛날에는 서울에서 가까운 행주나루에 웅어가 많이 잡혔단다. 그러니까 이 웅어를 잡는 것을 업으로 삼아 살아가는 어부들도 많이 있게 마련이지.

이 어부들 중에 한 착한 소년이 병든 아버지를 모시고 어렵게 살고 있었단다. 생활이 어렵다보니 남보다 일찍 나가서 남보다 늦게까지 웅어를 잡으니 자연 행주나루에서는 웅어를 가장 많이 잡는 성실한 효자 소년 어부로 소문이 났단다. 이 소문을 듣고 어느 날 서울의 이름난 대감의 외동딸이 찾아왔단다.

대감의 외동딸은 큰 병에 걸려 웅어를 먹으며 요양을 해야 한다는 의원의 말이 있었기 때문이지.

대감의 외동딸은 소년에게 웅어를 잡아주도록 부탁했고 이에 소년은 봄이 다 가도록 열심히 웅어를 잡아 대감의 외동딸에게 갖다 바쳤단다. 외동딸의 병은 점점 좋아졌지만 웅어가 봄 외는 나지 않아 웅어를 더 이상 갖다 바칠 수가 없게 되었지. 그래서 소년이 생각해낸 것이 석빙고였단다. 너희들, 석빙고는 뭔지 알지?"

어초할아버지는 큰소리로 어초가족들에게 물었다.

"모르는데요."

왕눈이 답했다. 이야기에 정신을 빼앗겼던 어초가족들이 왕눈이의 말에 정신이 든 듯 자기들도 모른다는 뜻한 표정들이었다.

"그래, 요사이는 이런 것이 없으니까 모를 수도 있겠다. 석빙고란 말 이다 땅을 파서 만든 옛날 냉장곤데, 땅을 파서 굴을 만들어 겨울 에 얼음을 넣어 놓고 여름까지 녹지 않게 하여 지금의 냉장고처럼 쓸 수 있게 한 것이란다."

"옛날 사람들도 참 영리했다, 그치?"

"그러게 말이야."

어린 망상어와 어린 왕눈이들이 주고받은 말이다.

"야, 좀 조용히 해."

쥐치가 생쥐 같은 눈을 반짝거리며 이야기를 듣다가 만만한 어린 것들을 보며 눈을 흘겼다. 어린 것들은 겁을 먹고 몇 발작 뒤로 물러섰다.

"만만한 게 어린 것들이냐? 자식이 분위기 깨고 있어."

돌돔이 까칠하게 어깨에 힘을 주며 분위기를 잡았다.

"얘들이 너무 시끄럽잖아."

돌돔의 기세에 쥐치는 기가 죽어 기어들어가는 소리로 말했다.

"그래도 그렇지."

돌돔도 말을 누그러뜨렸다.

"자! 좀 조용히 해라. 가만 있자, 어디까지 이야기를 했더라?"

어초할아버지는 어초가족들의 다툼에 신경이 쓰여 어디까지 이야기 했는지 잊은 것 같았다.

"어부 소년이 외동딸에게 일 년 내내 웅어를 주기 위해 석빙고를 생각했다는 곳까지요."

점박이가 또박또박 말을 했다.

"그래! 그래서 소년은 어렵게 석빙고를 만들어 일 년 내내 웅어를 외동딸에게 갖다 바쳤어. 그랬더니 지성이면 감천이란 말이 있듯이 외동딸의 병이 깨끗이 나은 거야. 그러는 동안 외동딸은 소년의 정성에 감동하여 소년을 사랑하게 되었단다. 그러나 그 당시 대감 집 외동딸과 가난하고 천한 어부 인 소년과의 사랑이 가당키나 한 일이겠니? 어떤 부모라도 반대할 수밖에 없지. 그래서 그들은 결국 이룰 수 없는 사랑이란 것을 알고 같이 석빙고에 들어가 서로 껴안고 웅어와 같이 얼음이 되었단다."

어초할아버지는 여기서 이야기를 끝내고 여러 어초가족들을 둘러 봤다. 어초가족들은 모두 고개를 푹 숙이고 있었다. 문어는 커다란 눈에 눈물까지 맺혀있었다.

"너무 슬픈 이야기예요."

문어가 눈에 맺힌 눈물을 훔치며 말했다.

"그렇다고 그 큰 덩치에 눈물까지 흘리냐?"

옆에 있던 왕눈이 문어에게 핀잔을 줬다.

"조그만 게 까불고 있어!"

"조그만 해도 너와는 달리 뼈대 있는 집안이다."

왕눈이는 뼈가 없는 문어를 놀렸다.

"뭐야!"

문어가 빨판이 쭈르르 달린 발을 치켜들고 당장 왕눈이를 덮칠 듯이 달려들었다. 그러나 날쌘 왕눈이가 당할 리 없었다.

"그만 해라. 더 심하면 싸움된다."

어초할아버지가 이들의 지나친 장난을 말렸다.

"웅어를 한 번 만나보고 싶다."

좀 감상적인 쥐치가 웅어의 슬픈 사랑이야기 분위기에서 깨어나지 못한 듯 한마디 했다.

"너는 만나고 싶은 것도 많다. 먼저 번에는 이면수어더니 이번에는 웅어냐?"

까치복이 핀잔을 줬다.

"자, 이제 이야기도 끝났으니 새로 온 점박이랑 먹이를 찾아 보거라."

"예, 할아버지."

어초가족들은 먹이를 찾아 이리저리 흩어졌고 점박이 한 쌍도 나란히 자리를 떴다.

"우리 여기 오길 잘 했지?"

수놈 점박이가 어초할아버지의 재미있는 이야기를 듣고 좋아하는 암놈을 보고 자기가 판단을 얼마나 잘했는가를 은근히 자랑했다.

"그래. 여기서 재미있게 살자."

어초할아버지는 다정한 점박이 한 쌍을 보고는 흐뭇한 미소를 지었다.

"그래, 너희들 가족이 제일 먼저 번창하겠구나!"

10. 반갑지 않은 곰치

물고기들이 다시 먹이를 찾아 나선지 얼마 지나지 않았을 때였다.

"저게 뭐야, 괴물 아니야?"

어린 왕눈이들과 망상어들이 잔뜩 겁을 먹고 어초할아버지 앞으로 우르르 몰려왔다.

"할아버지, 할아버지! 우리 마을에 괴물이 나타났어요."

"괴물이라니?"

"뱀 같기도 하고, 아무튼 이빨이 날카롭고 흉측하게 생겼어요."

"그래, 어디 보자."

어초할아버지는 암갈색의 뱀같이 구불텅구불텅 헤엄쳐 오는 물고기를 바라봤다.

"곰치 아니냐?"

"밤만 되면 무법자가 된다는……."

어린 왕눈이들이 말을 채 잇지 못했다.

"그래, 너희들은 아직 어리니까 한 번도 본 일이 없겠지만 다른 고기들은 다 알고 있을 거야."

"왜 하필 저런 물고기가 우리 마을에 나타났지?"

어린 왕눈이들과 망상어들은 곰치가 나타나는 것이 몹시 불안한지 자기네들끼리 수군거렸다. 이들 뿐만이 아니었다. 곰치가 어초마을로 들어오자 마을 여기저기에서 먹이를 찾아다니던 다른 어초가족들도 불안하기는 마찬가지인 모양으로 어초할아버지 앞으로 모여 들었다.

"어초할아버지, 곰치는 절대 이곳에 살게 해서는 안 돼요."

어초가족들이 일제히 곰치가 어초마을에 사는 것을 반대하고 나섰다.

"글쎄, 이 어초마을은 누구든지 차별 없이 살 수 있는 곳인데 어쩌나."

"안 돼요. 만약 곰치가 여기서 살면 어린 고기들은 살아남지 못하고 저 같은 경우는 제가 살던 집까지 뺏길 거예요."

문어가 황소 눈을 껌벅거리며 강력하게 반대했다.

"너무 반대만 하지 말거라. 곰치도 우리 마을에 필요할 때가 있을 거야. 내가 잘 타일러 우리 마을 식구는 절대 해코지 하지 않도록 하겠다."

어초할아버지가 어초가족들의 강력한 반대를 설득하는 사이 곰치가 입을 벌린 흉측한 모습으로 구불텅구불텅 어초마을로 들어왔다. 곰치가 들어오자 강력히 반대하던 문어와 다른 어초가

족들도 곰치의 눈치를 보며 전부 입을 닫았다.

"어초할아버지, 안녕하세요. 물고기들아, 안녕! 나 곰치야."

곰치는 흉측하게 생긴 얼굴과는 달리 웃음을 띠고 수줍게 어초할아버지와 어초가족들에게 인사를 했다.

"그래, 어서 오너라. 어떻게 알고 이렇게 찾아왔느냐?"

"저기 있는 돌돔이 오라고 해서요."

"야! 언제 내가 너에게 여기 오라고 했니?"

돌돔이 다른 고기들의 눈치를 보며 펄쩍 뛰었다.

"며칠 전에 암초마을에 와서 고기들에게 이야기 하는 걸 엿들었지. 자기 마을로 살러 오라고. 오면 어초할아버지께서 재미있는 이야기도 해 준다고 했잖아."

"오기는 잘 왔다만, 우리 어초가족들은 너를 싫다고 하는구나."

"왜요?"

"너는 낮에는 얌전한데 밤만 되면 사나워지니까 그렇지."

"저 문어도 그렇잖아요."

"문어는 이 어초마을 식구는 절대 잡아먹지 않는다고 맹세를 했단다."

"그럼 저도 어초마을 식구는 절대 해코지 하지 않을게요."

"그래, 약속하는 거지."

"예."

"우리 어초가족들도 알아 둘게 있어. 모든 생물들은 경쟁을 하면서 살아가고 있다는 것을 말이다. 약한 것들은 강한 것들에게 잡아 먹이고 만다. 이런 것들을 약육강식(弱肉强食)이라 하지. 우리 어초마을도 식구가 많아지면 지금과 같은 평화만 있지는 않을 거야. 스스로 힘을 키워야 한다."

"어려워서 무슨 말인지 하나도 모르겠다."

어린 왕눈이들과 망상어들은 자기들끼리 말을 주고받았다.

"차차 알게 될 게야."

돌돔이 어린 왕눈이들과 망상어들을 돌아보면서 말했다.

"어초할아버지!"

곰치가 따지듯 어초할아버지를 불렀다.

"왜 그러느냐?"

"이 어초마을에 오면 어초할아버지가 재미있는 이야기를 해 준다고 했는데요?"

"남의 이야기 엿듣고 온 주제에 챙길 건 다 챙기네."

곰치 말에 문어가 입을 삐죽거리며 말했다.

"그래, 이렇든 저렇든 약속은 약속이니까 어초마을에 온 기념으로 이야기를 해 주마."

어초할아버지는 이렇게 말을 하고 여러 어초가족들을 둘러봤다. 역시 곰치를 받아들인 것에 대한 불만이 가득한 모습들이었다. 어초할아버지는 곰치를 어초가족들 앞으로 불러 세웠다.

"네가 여기 어초가족들 앞에서 다시 한 번 분명히 맹세해라.

절대 어초가족들한테는 해코지 하지 않겠다고."

"예, 하겠습니다."

곰치는 이렇게 말을 하고는 목소리를 가다듬고 어초가족들을 둘러봤다.

"어초가족 여러분! 절대 여러분들을 해코지 하지 않겠습니다."

어초할아버지는 이런 곰치를 보면서 어초가족들의 표정을 살폈다.

"이제 됐느냐?"

"예에."

어초가족들은 마지못해 대답을 하는 것 같았다.

"곰치 같은 용감한 물고기도 있어야 어초마을에 나쁜 놈들이 오면 쫓아낼 수 있지 않겠니. 그러니 꼭 나쁘게만 생각 하지 말거라."

그제야 어초가족들의 표정이 좀 풀리는 것 같았다.

"자, 그럼 이야기를 시작한다."

어초가족들은 어초할아버지 앞으로 바짝 당겨왔다.

11. 넙치는 왼쪽 가자미는 오른쪽

"너희들, 넙치와 가자미를 정확히 구분할 줄 아느냐?"

"구분이 잘 안 돼요."

"저는 알아요."

다른 어초가족들은 구분이 잘 안 된다고 말했는데 문어는 자신 있다는 듯이 말했다.

"그래, 너는 넙치와 가자미가 사는 곳에 자주 내려가니 알겠구나. 어떻게 구분하는지 말해 보거라."

"간단해요. 넙치는 눈이 왼쪽으로 쏠려 있고 가자미는 오른쪽으로 쏠려 있어요."

"그래, 맞았다. 그 외는 색깔이나 모양이 비슷하여 구별하기 힘들지. 사람들도 친형제 같이 생각하지만 실제는 사촌간이란다."

어초가족들은 전부 어초할아버지의 이야기를 빨리 듣고 싶어 입만 바라보고 있었다.

"어느 날 넙치와 가자미가 물밑에서 같이 놀고 있었단다. 마침 그때 바다 위에는 부모를 따라 놀잇배를 타고 놀러 나온 어린 아

이가 있었는데 큰 유리구슬을 가지고 놀다 그만 물에 빠뜨리고
말았단다. 빠뜨린 구슬이 바다 밑으로 내려가면서 바다 속의 거
울이 되어 해조류 옆을 지나면 해조류 색을 받아 붉은 색이 되
기도 하고 푸른색이 되기도 하다가 또 멸치가 지나가면 멸치를
비추기도 하고, 그렇게 바다 속을 비추며 밑으로 내려갔단다."

"정말 멋지겠다."

어린 왕눈이들이 부러운 듯이 말했다.

"그런데 이 구슬이 하필 넙치와 가자미가 놀고 있는 곳 한가운
데에 뚝 떨어졌지 뭐니. 이들이 놀라 보니 자기들 얼굴이 그 곳에
비치니까 서로 자기 것이라고 우기며 자기 집 쪽으로 가져가겠다
고 있는 힘을 다해 잡아 당겼단다. 그렇게 힘을 한쪽으로 쏟다 보

니 자연 눈이 한쪽으로 돌아가고 말았단다. 넙치는 왼쪽에 집이 있으니 왼쪽으로 돌아갔고 가자미는 오른쪽에 집이 있으니 오른쪽으로 돌아갔지.

마침 문어가 넙치와 가자미가 싸우는 것을 보고 왜 그런가 하고 가까이 다가갔다 가 마침 그곳에 있는 구슬을 본거야. 구슬에 비친 자기 얼굴을 보고 이게 자기 동생이라 생각하게 되었단다. 그래서 문어는 자기 동생을 가지고 싸움을 한다고 야단을 치고는 구슬을 빼앗아 갔단다."

"바보 천치들! 둘이나 되면서 문어 하나한테 구슬을 뺏기다니."

쥐치가 혼잣소리로 구시렁거렸다.

"야! 너는 뺏기지 않을 것 같아? 먹물 한방이면 날아갈 것이."

문어가 쥐치의 구시렁거리는 소리를 듣더니 마치 자기 얘기라도 들은 것처럼 같잖다는 듯이 말했다.

"조용히 해라. 할아버지 이야기 좀 듣자."

몸집은 작아도 다부진 점박이가 생긴 모양처럼 야무지게 말했다.

"할아버지! 넙치와 가자미가 구슬을 뺏기고 어떻게 됐나요?"

어초할아버지가 어초가족들의 하는 모습이 사랑스럽고 귀여워 이야기를 잠시 중단하고 빙긋이 웃고 있는 사이 민꽃게가 이야기를 재촉했다.

"넙치가 구슬을 뺏기고 속이 상해 가자미를 바라보니 마치, 꼭 자기를 흘겨보고 있는 것 같아 가자미를 나무랐단다. '임마, 아무리 화가 나도 그렇지 나는 네 사촌 형님이야. 그렇게 흘겨보면 어떻게 하겠다는 거야?' 하고 말이다. 그랬더니 가자미도 '형님도 나를 흘겨보고 있잖아요.' 하더란다. 그제야 자기네들 눈이 한쪽으로 돌아간 것을 알았단다. 눈이 돌아간 후로 밖에 나가면 전부 자기들을 흘겨본다며 아무도 친구를 해주지 않아 지금도 가자미와 넙치는 항상 혼자 다닌단다."

어초할아버지는 웃으며 이렇게 이야기의 끝을 맺었다.

"할아버지! 먼저 번에는 가자미가 멸치에게 뺨을 너무 세게 맞아 눈이 돌아갔다고 그랬고 오늘은 넙치하고 구슬을 서로 가지려다가 눈이 돌아갔다고 하셨는데 어느 것이 맞나요?"

어린 왕눈이들이 머리를 갸웃거리며 어초할아버지께 물었다.

"그놈들, 참 영리하구나. 다 옛날 사람들이 재미로 만들어 낸 이야기니라."

12. 조기의 신

　추적추적 비가 내렸다. 어둠이 깔려오는 바다 위쪽이 시끌벅적하더니 멸치 떼가 지나갔다. 갈매기와 물새들이 하늘에서 내려꽂혔다. 노란 부리가 바다 속에서 허우적거리며 멸치를 물었고 멸치 떼들은 잡히지 않으려고 춤을 추듯이 원을 그리며 뭉쳤다. 갈치들이 칼을 세우듯 곳곳이 서서 또한 이들을 쫓고 있었다. 이어 어디선가 개구리 울음소리가 들렸다.

　"개굴 개굴 개굴"

　"이게 무슨 소리야? 개구리 울음소리 같은데, 바다에 개구리가 있을 리 없고!"

　민꽃게가 놀랐는지 순식간에 꼿꼿이 세운 눈을 잽싸게 감추며 말했다.

　"무슨 소리가 들린다고 그래?"

　어초가족들이 민꽃게의 이야기를 듣고 신경을 곤두세웠다.

　"개굴 개굴 개굴"

　분명 먼 곳에서 개구리 울음소리가 났다. 어초할아버지가 귀를 기울였다.

"어초할아버지, 이게 무슨 소리예요?"

어초할아버지는 잘 들리지 않는지 귀를 기울이고 한참을 있다가 대답 하셨다.

"음, 너희들 조기를 아느냐?"

"예. 너무나 유명하니까 모르는 어초가족이 없을 거예요."

"그 조기 울음소리구나. 조기가 알을 낳기 위해 이동할 때 서로 알리는 소리란다."

"맞아! 이때야. 봄이 되면 무지무지 많은 조기들이 알을 낳기 위해 서해로 올라가는 것을 여러 번 봤어."

돌돔이 아는 체를 하며 앞으로 나섰다.

"조기는 사람들이 참 좋아하는 고기란다. 조기(助氣)란 이름도 한문 뜻을 살펴보면 기를 돕는다는 것이지. 그러니까 사람의 기운을 돕는 고기란 뜻이란다."

"할아버지, 조기는 굴비로 더 유명하잖아요."

이번엔 왕눈이 나섰다.

"그렇지. 굴비란 조기를 전혀 손질 하지 않고 온몸을 통째로 바닷바람에 말린 것인데 어찌나 맛이 있는지 사람들은 이를 반찬으로 밥을 먹으면 이 맛에 밥을 많이 먹는다고 '밥도둑'이라고 했단다."

"맛이 있으면 고맙다고 해야지 도둑이라 하면 섭섭하지."

까치복이 부아가 났는지 배를 불룩거리며 말했다.

"에이, 멍청이. 그 만큼 맛이 있다는 말 아니냐."

왕눈이 핀잔을 준다.

"왕눈이 너, 내가 말만하면 핀잔을 주는데 나하고 감정 있니?"

까치복의 까칠한 배가 축구공처럼 팽팽해졌다. 화가 났다는 증거다.

"아니, 감정 없어."

이럴 때는 한발 물러서는 것이 상책이다.

"그럼 왜 그래?"

"너 말하는 것이 그렇잖아."

"그만 해라. 왕눈이 네가 잘못한 것 같다."

당장 싸움이라도 할 것 같던 까치복과 왕눈이는 어초할아버지의 그만 하라는 말 한 마디에 서로 참았다.

"자! 그럼 왕눈이 너는 굴비란 이름을 언제 누가 처음 사용했는지 아느냐?"

어초할아버지는 조기는 굴비로 더 유명하다는 말을 한 왕눈이에게 물었지만 왕눈이는 뚱한 체 대답이 없었다. 조금 전 어초할아버지께 꾸중을 들어 대답할 기분이 아닌 모양이었다.

어초할아버지는 왕눈이 대답을 않고 시무룩하게 있어도 빙긋이 웃기만 했다. 그런 모습도 귀엽고 사랑스럽기 때문이다.

"왕눈이 너는 내 물음에 대답도 안하는 것을 보니 내 이야기가 별로인 것 같은데 가서 네 볼일이나 보아라."

어초할아버지는 일부러 왕눈이를 놀렸다.

"아니에요. 잘 몰라서 그래요."

예상대로 왕눈이는 입을 쭉 내밀고 뚱하게 말 하면서도 이야기를 듣지 말라는 말에 깜짝 놀랐는지 그 반응은 빨랐다. 이런 왕눈이를 보며 어초할아버지는 다시 한 번 미소를 지었다.

"그럼 내가 말하마. 그러니까 고려 말, 인종 때 이자겸이란 신하가 처음 사용했단다. 그 가 반역죄로 정주(지금의 전라남도 영광)로 귀양을 갔는데 그곳에서 굴비(屈非)의 맛에 반해 임금께 이 굴비를 올려 보냈는데 이는 굴비(屈非)란 한자의 뜻 그대로 자기는 죄가 없으므로 굽히거나 비뚤어지지 않고 태연자약하게 살고 있다는 심정을 표시한 것이 시초가 되었다고 한다."

어초할아버지는 이렇게 말을 하고 잠시 쉬었다.

"옛날 선비들은 이상한 것에다 자기 뜻을 넣어 '체' 한단 말이야."

새로 온 곰치가 아직 다른 어초가족들의 눈치가 보이는 듯 어초할아버지 말이 멎자 혼잣말을 했다.

"옛날 선비란 사람들은 그런 경향이 있었지. 이 굴비는 4가지 덕목(德目)이 있다고까지 칭찬을 했으니까."

어초할아버지는 곰치의 말이 일리가 있다는 듯이 말했다.

"어초할아버지, 덕목(德目)이 뭐에요?"

왕눈이 어초할아버지의 말이 떨어지기가 바쁘게 물었다.

"그렇지, 너희들이 알 리가 없지. 설명하기가 참 어렵지만 한마디로 말 한다면 사람들이 지켜야 할 도리란다."

"그럼 굴비의 4가지 덕목을 가르쳐 주세요."

점박이가 어초할아버지의 이야기를 재촉하고 나섰다.

"그래, 너희들이 알아들을지 모르겠다만…우선 조기의 머리에 두 개의 돌이 있어 수평을 유지하니 예의가 바르고, 소금에 절여도 굽지 않으니 절개가 있고, 내장이 깨끗하니 청렴결백하며, 비린 것이 없으니 부끄러움이 없다는 것이다. 알겠느냐?"

어초할아버지는 이렇게 말을 하고 여러 어초가족들을 둘러봤다.

"무슨 말인지 하나도 모르겠습니다."

돌돔이 멍한 고기들을 대표하듯 말했다.

"그래, 옛날 글께나 한다는 사람들은 이렇게 많이 안다는 표를 내기 위해서 사람들이 지켜야 할 일들을 억지로 갖다 붙였단다."

"사람들은 뭐가 그리 복잡해!"

곰치가 입을 삐죽거리며 말했다.

"그런데 말이다, 처음 사람들이 조기를 잡게 된 동기가 참 재미있단다."

"뭔데요?"

조기를 잘 안다는 돌돔이 나섰다.

"너희들은 조선 중기의 유명한 장군인 임경업(1594~1646) 장군을 잘 모를 거야. 이 임경업 장군을 서해안의 조기가 많이 잡히는 곳에서는 '조기의 신'이라 하여 사당을 지어 모시고 있단다."

"왜요?"

"그 이유는 바로 조기를 많이 잡게 된 동기가 임경업 장군에서 부터 나왔기 때문이라는 거야."

"육지에서 전쟁을 한다는 장군이 바다에서 조기를 많이 잡게 했다는 거예요?"

돌돔이 한발 더 가까이 다가서면서 물었다.

"그렇단다. 이야기를 하면 이렇다. 조선왕조 12대 왕인 인조 14년에 청나라가 침입하여 있는 힘을 다하여 싸웠지만 힘이 약한 조선은 항복하고 말았단다. 그 때문에 왕자가 청나라 심양에 볼모로 잡혀가게 되었단다."

"볼모가 뭐에요?"

왕눈이 커다란 눈을 이리저리 굴리며 물었다.

"볼모란 말이다, 인질과 비슷한 말인데 약속을 이행하게 하기 위해 중요한 사람을 잡아두는 것이란다."

"무슨 말인지 정확히는 모르겠는데 아마 청나라 자기네들의 약속을 지키게 하려고 왕자를 잡아두고 있다는 것으로 이해가 돼요."

어렵게 볼모에 대해 설명한 어초할아버지의 말을 왕눈이는 자기 나름대로 쉽게 이해하고 있는 것 같았다.

"그래, 네가 나보다 낫다."

어초할아버지의 칭찬에 왕눈이의 어깨가 으쓱했다.

"임경업 장군이 물고기의 신이 된 이야기를 계속해 주세요."

이번엔 아가미를 벌름거리며 점박이가 나섰다.

"당시 임경업 장군은 국경지역인 평안도를 지키고 있었단다. 그런데 청나라 군대는 임장군의 용맹이 두려워 임장군을 피해 가는 바람에 싸움 한번 못하고 임장군은 나라가 망하는 것을 봐야했단다. 결국 인조임금의 항복으로 왕자까지 볼모로 잡혀간 것에 장군은 너무 분했단다. 그래서 그 원수를 갚기 위해 생각해낸 것이 명나라를 설득하여 힘을 합쳐 청나라를 공격해 원수를 갚고 왕자를 구해 오는 것이었단다.

장군은 명나라로 가기 위해 아무도 모르게 장사꾼으로 가장하여 당시 가장 좋은 상선인, 황해도 해성강 하류 백난도 포구에서 마포로 쌀을 싣고 가는 배를 탔단다."

"왜 아무도 모르게 갔을까요?"

까치복이 까칠한 배를 쓱 내밀면서 나섰다.

"정말 짜증나네. 청나라에서 알면 가만있겠어? 뿐만 아니라 배 선원들도 가려하겠어?"

왕눈이 이번에도 까치복을 핀잔 하 듯 말했다.

"좀 조용히 해, 할아버지 이야기 끊지 말고."

돌돔이 신경질을 내며 말했다.

"할아버지, 이야기를 계속해 주세요."

돌돔이 분위기를 확 잡아놓고는 어초할아버지에게 이야기를 재촉했다.

"그래, 왕눈이의 말이 맞긴 맞다만, 그렇지만 모르는 것이 있으면 그냥 있지 말고 까치복과 같이 물어보는 것은 옳은 일이다."

어초할아버지의 말을 들은 까치복은 왕눈이한테 당한 무안이 좀은 풀렸는지 부풀었던 배의 바람이 빠져 나갔다.

어초할아버지의 이야기는 계속되었다.

"배가 큰 바다로 나오자 임경업 장군은 자신의 신분을 밝히고 명나라로 갈 것을 명령했단다. 이에 선원들은 위험한 뱃길이라는 것을 알고 저녁에 몰래 배에 싣고 있던 쌀과 식수를 바다에 버리고는 쌀과 식수가 부족하여 도저히 명나라까지 갈 수 없으니 되돌아가야 한다고 했지. 그러나 임경업 장군은 이를 무시하고 강제로 항해를 시켰단다. 결국 강화도 앞바다 당섬이란 곳에 도착했을 때 물과 식량이 모두 떨어져 선원들이 지치자 배를 섬에 정박케 했단다. 그리고는 물을 싣고 이어 선원들에게 섬 전체를 덮고 있는 엄나무를 꺾어오도록 했단다."

"엄나무가 어떤 나무에요?"

문어가 오랜만에 황소 눈을 껌벅거리며 물었다. 다른 어초가족들도 같은 생각을 가지고 있는 듯이 지느러미만 할랑거렸다.

"그래, 너희들이 잘 모르겠구나. 커다란 가시가 촘촘히 있는 나무란다. 사람들은 귀신이 못 들어오게 대문 위에나 문지방 위에

이 나무를 달아놓기도 한단다."

"귀신도 피할 정도라면 엄청 가시가 많은가 보다."

어초가족들은 자기들끼리 수군거렸다.

"자, 그럼 다시 이야기를 계속하자. 장군은 선원들이 꺾어온 엄나무를 골진 바다에 쭉 꽂고는 썰물이 될 때까지 기다렸단다.

썰물이 되자 선원들이 꽂았던 엄나무 가시에 조기가 하얗게 걸려 있고 미역이 켜켜이 쌓여 있었단다. 이것을 양식으로 임장군은 명나라로 가게 되었단다. 이때부터 이것이 연평도에서 조기를 잡는 시초가 되었단다. 그래서 임경업 장군을 '조기의 신'이라 했다는 구나. 어떠냐?"

"재미있어요. 그런데 그때는 정말 조기가 엄청 많았는가 봐요."

까치복이 아직도 배를 내밀고 미련한 듯이 말을 했다.

"그런데 조기는 임경업 장군을 미워하겠다."

어린 망상어가 말했다.

"할아버지 그 뒤 임경업장군은 어떻게 됐어요?"

어린 왕눈이 물었다.

"그래, 너희들이 그냥 넘어갈리 없지. 그 뒤 임경업장군은 청나라 군사에 잡혀 억울하게 죽고 말았단다."

"참, 안됐다."

다들 슬픈 표정을 지었다.

13. 명태의 전설

바다는 구름 한 점 없는 하늘을 닮아 있었다. 이런 바다를 사람들은 쪽빛바다라 했다. 어초마을의 돌덩이에는 이제 미역도 많이 자라 살랑거렸고 청각도 사슴뿔처럼 가지를 쳤고 우뭇가사리도 수줍은 듯 낯을 붉히고 있었다. 어초가족들은 이런 해초들 사이를 한가로이 노닐고 있을 때였다.

"저게 뭐야?"

왕눈이 바다 밑으로 훌렁훌렁 흘러내리는 물건을 바라보며 말했다. 판자 쪽 같기도 하고 말라버린 작은 나무토막 같기도 했다.

어초가족들은 고개를 돌려 왕눈이 말한 물건을 쳐다 봤다.

"저게 뭘까?"

다들 머리만 갸웃거렸다.

왕눈이는 어초할아버지 앞으로 갔다.

"할아버지 저 앞에 훌렁훌렁 흘러내리는 저게 뭡니까."

"어디 보자!…… 마른 명태로구나."

어초할아버지는 왕눈이 가리키는 곳을 한참 쳐다보다 말했다.

"그런데 왜 저렇게 훌렁훌렁 떠내려 와요?"

왕눈이 다시 물었다.

"바다 위에서 사람들이 고사를 지내는 모양이구나."

"고사를 지낸다고요?"

"그래, 명절이나, 고기를 처음 잡으려 나갈 때 사람들은 용왕님께 사고 없이 고기를 많이 잡게 해 달라고 음식을 차려 놓고 빈단다."

"그런데 왜 마른 명태가 떠내려 와요?"

"사람들은 고사를 지낼 때 꼭 마른 명태를 쓰고 고사가 끝나면 이것을 고수레를 하기 때문이지."

"고수레가 뭐에요?"

"고수레란 고사가 끝나면 그 음식을 신에게 먼저 드리는 것을 말하는데 여기서는 용왕님께 드리는 것 아니겠니."

"왜 사람들은 고사 때 꼭 마른 명태를 쓸까요?"

이번에는 어린 망상어들이 이해가 안 된다는 듯이 호기심이 가득한 까만 눈을 굴리며 물었다.

"그놈들 참……, 그건 천지신명께 바치는 음식은 어느 한 군데도 버리는 것이 없는 것이어야 된다는 옛날부터 내려오는 풍습 때문이란다."

"그럼 명태는 한 군데도 버릴 것이 없는 모양이네요."

"그렇지."

"그럼 할아버지는 옛날에 명태를 잡아 봤어요?"

"잡아 봤지. 엄청나게 많이. 그런데 너희들은 명태란 이름이 어떻게 해서 지어졌는지 아니?"

"아니요."

"그럼 그것을 이야기해 줄까?"

"예."

어린 왕눈이들이 아가미를 불럭거리며 좋아했다. 다른 어초가족들도 좋아서 아가미를 불룩거렸다.

어초할아버지는 좀은 피곤했지만 어초가족들이 좋아하기도 하는데다 이왕 이야기가 나온 참이라 마저 이야기를 하기로 했다.

"조선시대 함경도에서 있었던 일이란다."

어초할아버지의 이야기가 시작되자 어초가족들은 어초할아버지 앞으로 더욱 가까이 모여들었다.

"새로 부임한 관찰사가 민심을 살피기 위해 여러 고을을 돌아보다 명천군에 들러 식사를 하게 됐단다. 그 때 마침 식탁에 명태가 올라왔는데 시장하던 터라 이를 맛있게 먹고 이름을 물었단다.

'내가 시장해서 그런지는 몰라도 이 물고기가 참 맛이 있는데 이름이 뭔고?' 하고 말이다. 그러나 그때까지 명태는 딱히 정해 놓은 이름이 없었단다. 그래서 고을 원님은 '아직까지 이름이 없습니다.' 했지. 관찰사가 이 말을 듣고는 '이런! 이렇게 맛있는 물고기가 아직 이름이 없어서야 되나.' 하고는 그 자리에서 이름을 지었는데, 지역이 명천군이니까 '명'자를 따고 명태를 잡아온 어부의 성이 '태'씨라니까 '태'자를 따서 명태란 이름을 지었단다."

"내 이름도 복이 들어 있어 좋지만, 명태는 땅이름에 사람이름에……참 부럽다."

까치복이 입맛을 다시며 말했다.

"야! 이름가지고 이야기 하지 마. 이름 좋다고 잘사는 줄 알아."

곰치가 자기 이름이 쪽팔리는지 핏대를 세웠다.

"이왕이면……."

"싸우지 말고 이제 가거라. 내가 피곤하구나."

어초가족들은 하나 둘 해초 사이 길을 살랑살랑 먹이를 찾아 나섰다. 그런데 이번에는 햇빛을 받아 반짝거리는 투명하고 둥근 물체가 헐렁헐렁 내려오고 있었다. 먹이를 찾아 나섰던 어초가족들이 다시 그 물체에 시선이 집중되었다.

"저게 뭐지?"

"글쎄."

모두 궁금했지만 할아버지가 피곤하다니까 미안하여 물어보지도 못하고 수군거리고만 있었다. 그러는 사이 그 물체는 할아버지 코앞에 툭 떨어졌다. 눈을 감고 있던 할아버지는 깜짝 놀라 눈을 번쩍 떴다.

"뭐야! 이건 술병이잖아. 몰지각한 사람들, 쓰레기는 가져가 쓰레기장에 버려야지 바다를 사람들의 쓰레기장으로 생각하다니.”

어초가족들은 할아버지의 투덜거리는 혼자소리를 듣고 그제야 투명한 그 물체가 사람들이 먹고 버린 술병이란 것을 알고는 같이 투덜거리며 다시 먹이를 찾아 나섰다.

14. 해파리의 일기 예보

따사로운 햇살이 바다 속살까지 비춰들었다. 바다는 비단결처럼 곱다. 이런 날일수록 불안한 것이 바다 날씨다.

어린 왕눈이들이 이제 제법 자랐다고 먼 바다 쪽으로 먹이를 찾아 나갔다가 휘둥그런 눈으로 엄마를 불렀다.

"엄마, 저것들이 뭐야?"

왕눈이는 어린것들이 말하는 쪽을 바라봤다. 저 멀리에, 머리도 없고, 꼬리도 없고, 지느러미도 없고, 얼굴도, 눈도 없는, 꼭 버섯 같은 모양의 해파리들이 어초마을 쪽으로 흐느적흐느적 오고 있었다.

"큰일 났다. 독침해파리다. 가까이가면 독침에 찔려 먹잇감이 되고 만다. 그러니 어초할아버지 있는 곳에 가 있어라."

어린 왕눈이들은 엄마의 말에 겁을 먹고 어초할아버지 앞으로 '우' 몰려갔다.

"왜 이렇게 놀란 모습으로 몰려오느냐?"

어초할아버지는 놀라 몰려오는 어린 왕눈이들을 보며 말했다.

"할아버지, 독침해파리가 오고 있어요."

"독침해파리라고?"

"예."

"그래, 그래서 겁이 나 몰려 왔니?"

"예."

"걱정할 것 없다. 가서 쥐치를 데려오너라."

"쥐치를요?"

"그래, 쥐치가 해결해 줄 거야. 그보다 태풍이 올 모양이니 걱정이 구나."

"태풍이 온다고요?"

"그래, 그건 나중에 얘기하도록 하고 빨리 쥐치나 데려오너라."

어린 왕눈이들은 마을 뒤쪽에서 휘적거리며 먹이를 찾고 있는 쥐치 한 쌍을 데리고 왔다.

"어초할아버지, 저희들을 찾으셨어요?"

쥐치 한 쌍은 무슨 일인가 싶어 아가미를 벌름거리며 달려 왔다.

"그래!"

"무슨 일인데요?"

"너희에게 좋은 먹잇감을 줄려고."

쥐치의 눈이 휘둥그레졌다.

"지금 우리 마을로 해파리 떼가 오고 있단다. 네가 좋아하는 먹이니 마을로 오기 전에 가서 먹어 치워라."

"떼라면 많은 모양인데 어떻게 다……."

"앞에 오는 놈만 처치하면 다른 놈들은 피해서 다른 곳으로 가지 않겠느냐."

그제야 쥐치 한 쌍은 즐거운 듯 지느러미를 열심히 움직이며 해파리가 오는 쪽으로 헤엄쳐 갔다.

쥐치는 해파리를 '쿡' 한입 쪼아 먹었다. 입이 작다보니 별 표가 나는 것 같지 않았다. 해파리는 쥐치를 피해 벌렁벌렁 도망을 갔다. 쥐치는 제일 앞에 오는 놈을 양쪽에서 두 번, 세 번, 몇 번을 계속하여 쪼아 먹었다. 금방 해파리의 한쪽 몸통이 날아가 버렸다. 이를 구경하기 위해 어초가족들이 모여들었다.

"독침이 있는 저 해파리를 어떻게 저렇게 겁도 없이 쪼아 먹을까?"

"글쎄 말이야."

"아마도 해파리의 독침이 갑옷 같은 쥐치의 껍질을 뚫지 못하기 때문일 거야."

쥐치가 독침 해파리를 쪼아 먹는 것을 신기하게 보면서 자기들끼리 이야기를 주고받던 어린 왕눈이들이 갑자기 생각이 난 듯 어초할아버지 앞으로 쓱 나섰다.

"어초할아버지!"

"왜 그러느냐?"

"조금 전에 태풍 오는 것이 걱정이라 했는데 진짜 태풍이 와요?"

"그런 징조가 보이는구나. 그러니 조심해야한다."

"그걸 어떻게 알아요?"

"해파리를 보면 알지."

"해파리를 보고 알다니요?"

어린 왕눈이들이 알 수 없다는 듯이 고개를 갸웃거렸다.

"해파리는 감각이 아주 발달해서 태풍이 오는 것을 미리 알기 때문에 저렇게 연안으로 피해온단다."

"예에? 보기에는 멍텅구리 같은데요."

"멍텅구리 같이 생겼기 때문에 감각이 발달했을지도 모르지."

"무슨 말씀이세요? 멍텅구리니까 감각이 발달했다니요?"

좀 떨어져서 이야기를 듣고 있던 왕눈이 말이 안 된다는 듯이 어초할아버지 말을 받았다.

"좀 어려운 말일지 모르지만 모든 생물들은 자기네들의 종족을 번성 시켜 이어나가는 것이 본능이지. 그래서 먹이도 잘 잡아야 하고 또 다른 종족들한테 잘 잡아먹히지도 않아야 하고, 그런 쪽으로 자꾸 발전해 가는 거야. 그것을 진화라고 하지. 그런데 저 해파리를 한번 생각해 보렴. 단단한 껍질도 없고, 느리고 멍텅구리 같은 것이 감각도 다른 고기들 보다 못하다면 살아남을 수 있겠니?"

"할아버지의 말씀을 들으니 이해가 되네요."

해파리를 쪼아 먹던 쥐치는 배가 부른지 어초마을로 돌아왔다.

돌아 온 수놈 쥐치가 갑자기 배가 불러 즐거운지 실모양의 등지느러미를 흔들거리며 암컷 앞을 얼렁거렸다. 이를 가만히 보고 있던 암컷 쥐치가 수놈을 따라 장단을 맞추듯 꼬리로 원을 이루면서 춤을 췄다. 처음에는 천천히 췄지만 점점 빨라지면서 마치 무도회를 보는 것 같이 아름다웠다.

"와! 멋지다."

이 광경을 바라보고 있던 어린 망상어들이 감탄을 했다.

"엄마, 엄마, 왜 저렇게 춤을 춰?"

어린 왕눈이들이 엄마 한 테 물었다.

"좀 있으면 알게 될 거야."

한참 수놈과 같이 춤을 추던 암컷은 우뭇가사리와 미역 사이에서 산란을 했다. 수컷도 뒤따라 내려가더니 암컷이 산란한 위에다 사정을 했다.

어초할아버지는 미소를 지었다. 망상어가 태어날 때 보다 더 밝은 미소였다.

"이제 우리 마을도 식구가 많아지겠구나! 파도에 알이 떠내려 가지 않아야 할 텐데……."

어초할아버지의 미소 속에 걱정스러움도 묻혀 있었다.

어둠이 내렸다. 다들 자기 집으로 찾아드는데 문어 집 쪽에서 싸움소리가 들렸다. 곰치가 문어 집을 뺏으려 하고 있었던 것이다.

"나와."

"못 나가."

"그럼 내가 쳐들어간다."

"그래도 나는 못 나간다. 왜 네 집은 두고 남의 집을 뺏으려고 하니."

"내 집은 모래가 자꾸 들어와 안 되겠어."

"그럼 다른 곳을 찾아 봐야지."

"지금 너희 집이 나에게는 딱이야."

"그래도 절대 안 돼."

결국 곰치는 문어 집으로 쳐들어갔고 문어는 집 안에서 쳐들어오는 곰치를 향해 발로 곰치를 감아 붙였다. 곰치는 이런 문어 발을 이발로 물어 끊었다.

초저녁잠이 많은 어초할아버지는 깜박 잠이 들었다가 문어와 곰치의 싸움 소리에 눈을 떴다.

"곰치야 남의 집을 뺏으려면 되느냐?"

어초할아버지는 곰치를 나무랐다.

"저 집은 모래가 들어와서 잘 수가 없어요."

곰치는 뚱하게 변명을 했다.

"그래도 그렇지. 모래를 치워서 사용할 생각을 해야지, 처음 약속을 어기고 남의 집을 뺏으려면 되겠느냐?"

결국 곰치는 어초할아버지 한 테 꾸중을 듣고 자기 집으로 돌아갔지만 어초할아버지는 이런 싸움을 보면서 이들을 과감하게 나무라지 못했다. 이제 이 어초마을에 생존경쟁이 시작된 것이라고 생각했기 때문이다.

어초마을은 식구들이 많이 불어났다. 점박이와 민꽃게, 곰치가 들어왔고, 망상어는 새끼를 낳았고 쥐치는 산란을 하여 수많은 새끼가 탄생할 것이다. 다른 고기들도 곧 산란을 할 것이다. 반면 어초마을은 파도가 일렁거릴 때마다 모래에 조금씩 묻혀가고 있어 점점 좁아져 가고 있다. 어제 저녁 곰치가 자기 집을 버리고 문어 집을 뺏으려했던 것도 따지고 보면 모래에 어초마을이 묻혀가고 있었기 때문이다. 앞으로 내가 죽고 난 후의 어초마을이 걱정이었다.

15. 아! 어초할아버지

아침이었다. 따사로운 햇살이 빠르게 흘러가는 먹구름 속으로 묻혀 갔다. 바다도 하늘을 닮아 얼룩무늬 군복처럼 검푸르게 얼룩져 갔다. 갈매기들과 물떼새들이 바다 위를 어지럽게 낮게 날았다.

어초가족들은 먹이를 찾아 나섰다가 머뭇거렸다.

"날씨가 아무래도 이상하다. 어제 할아버지 말씀과 같이 태풍이 올 것 같다."

왕눈이는 심상치 않은 날씨에 신경을 곤두세우며 말했다.

"그래. 멀리가지 말자."

쥐치는 산란장 주위를 떠나지 않고 지켰고, 까치복과 점박이는 산란을 위해 마땅한 산란장을 살폈다. 다른 어초가족들도 어초마을 주변에서 맴돌았다.

오후가 되자 구름은 바다 위를 더욱 빠르게 얼룩을 지었고 파도는 먼 곳에서 밀려오는 듯 가픈 거품을 물었다. 바다 속 물살도 냇물처럼 빠르게 흘렀다. 고기들도 헤엄치기가 어려웠고 미역과 청각 우뭇가사리들도 몸살을 할 것 같이 흔들렸다.

어초가족들은 불안하여 하나 둘 어초할아버지 앞으로 모여들었다.

"태풍이 온다. 아무래도 이번 태풍은 심상치가 않을 것 같다."

어초할아버지는 근심스럽게 말을 했다.

"그럼 어떡해요

"내가 막아 볼 테니 너희들은 내 뒤쪽에 꼭 붙어있도록 해라. 만약 내가 없더라도 너희들은 뭉쳐서 어초마을을 지켜야 한다."

"우루루 쾅쾅"

어초할아버지 말씀이 끝나기가 바쁘게 번쩍번쩍 번개가 치며 뇌성이 울렸다. 어초가족들은 놀라 돌 틈으로 숨어들었다.

"좌-"

이어 장대 같은 소나기가 쏟아졌다.

물살은 더욱 거칠고 빨라졌다. 파도는 성난 짐승의 포효처럼 눈알을 희번덕거리며 몰려왔다. 뿐만 아니라 바다 속 모래까지 파 뒤집어 빠른 물살에 실려 보냈다. 어초가족들은 눈을 뜰 수도 움직일 수도 없었다. 어초할아버지 뒤편 돌 틈에서 꼼작할 수가 없었다.

미역과 청각 우뭇가사리는 더욱 아우성이었다. 키가 크다고 으스대던 미역은 이미 뜯겨나가 반동가리가 되고 말았고 청각과 우뭇가사리도 모래를 뒤집어쓰고는 제대로 숨도 쉬지 못했다.

"위잉 위잉"

어초할아버지도 빠른 모래 물살을 막아내기가 힘 드는 지 연방 신음소리를 냈다.

"우지직 우지직"

어초할아버지의 옆구리가 뜯겨나가는 소리도 들렸다.

"아! 어초할아버지."

어초가족들은 안타까워했지만 어쩔 방법이 없었다. 모래 물살은 더욱 세차게 어초할아버지를 때렸다.

어초할아버지의 고통스러운 신음소리가 계속되었다. 그러다 어느 순간, 그 소리가 뚝 끊기고 말았다.

"할아버지, 할아버지!"

어초가족들은 어초할아버지를 애타게 불렀지만 대답이 없었다. 결국 어초할아버지는 모래 속에 묻혀버리고 말았다.

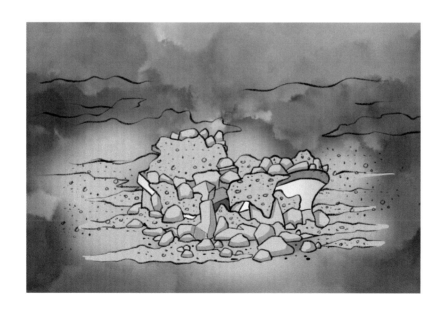

"아! 어초할아버지."

자상하던 목소리도, 재미있었던 고기들의 이야기도, 삶의 지혜도, 모두 모래 속에 묻혀 사라지고 말았다.

16. 대장 왕눈이

물살이 차츰 잦아들었다. 태풍이 지나갔다. 그러나 태풍이 쓸고 간 어초마을은 엉망이 되었다. 어초할아버지는 모래 속에 묻혀 버렸고 위쪽에 돌덩이 일부만 빼쭈룩이 남아 있었다. 쥐치의 알도 떠내려가고 어린 망상어와 어린 왕눈이도 몇 마리 떠내려갔다. 미역과 청각 우뭇가사리도 뜯기고 할퀴고 모래에 묻혀 기진맥진한 상태였다.

어초가족들은 정신이 없었다. 어찌해야 좋을 줄을 몰랐다. 좌우간 살아나야만했다.

누가 먼저랄 것도 없이 어초할아버지가 있었던 자리에 다들 모였다. 왕눈이 앞으로 나섰다.

"어초할아버지께서 지금껏 우리를 지켜주셨고 우리를 보호하기 위해 모래 속에 묻혀 돌아가셨다. 우리 다 같이 어초할아버지의 명복을 비는 묵념을 하자."

왕눈이도 새끼를 잃었지만 그러나 맥을 놓고 있을 수만 없었다. 누군가가 나서야 하기에 자신도 몰래 나섰던 것이다.

어초가족들은 왕눈이의 말을 따라 모두 묵념을 했다. 돌돔은 소위 황태자란 자기가 왕눈이한테 선수를 빼앗긴 것이 자존심을 상하게 했지만 자신도 모르게 엉겁결에 묵념을 했다.

 "이제 우리 재미있는 이야기도 듣지 못하고 어떻게 해요?"

 묵념이 끝나자 어린 망상어와 어린 왕눈이 철없이 울상을 지었다.

 "지금 그게 문제야?"

 돌돔이 상처 입은 자존심을 회복이라도 할 듯이 철없는 어린 망상어와 왕눈이의 어린 것들을 욱질렀다.

 "왜 철없는 애들을 욱질러?"

 왕눈이 덩치답지 않게 등지느러미를 꼿꼿이 세우고 까칠하게 나서며 돌돔을 나무랐다.

 "아무리 철이 없다손 치더라도 그렇잖아."

 돌돔도 지느러미를 세우며 앞으로 나섰다.

 "자식, 자기가 뭔데 대장놀이 할려고 들어?"

 "그럼 너는 뭔데?"

 분위기가 더욱 험악해지자 문어가 나섰다.

 "자, 이렇게 싸우지만 말고 이제 어초할아버지가 없으니까 우리 마을에 대장이 필요하다."

 문어가 곰치한테 다리 하나를 잃고 아직도 분을 삭이지 못했지만 어초마을이 위기에 처해 있으니 그냥 보고만 있을 수가 없었던 모양이다.

"그래, 문어 말이 맞아. 대장이 필요해."

까치복이 문어 말을 받았다.

"그럼 대장을 뽑자."

"어떻게?"

"힘이 젤 센 고기로 하면 되지."

점박이가 말했다.

돌돔과 곰치가 서로 자기가 힘이 젤 세다는 듯이 의미 있는 미소를 지었다.

"무슨 소리야. 힘만 세다고 대장이 될 수 없어 지혜가 있어야지."

쥐치가 발끈하고 나섰다.

"그럼 민주적으로 선거로 하는 것이 어때?"

민꽃게가 의견을 말했다.

"선거까지 할게 뭐있어. 그냥 힘센 고기로 하면 되지."

점박이가 계속 자기 의견을 고집했다.

"이건 싸움을 하기 위한 대장이 아니고 우리 마을을 이끌어 나갈 대장을 정하는 것인데 전체 가족의 뜻으로 대장을 정해야 되지."

민꽃게도 의견을 꺾지 않았다.

계속해서 힘센 고기를 대장으로 하느냐 아니면 선거로 대장을 정하느냐를 놓고 서로 의견이 엇갈렸다. 이를 보고 있던 문어가 앞으로 나섰다.

"이래서는 결론을 내기 어려우니 내가 임시회의 의장을 해서 결론을 내겠다. 다들 어때?"

어초가족들은 모두 꼬리를 흔들며 찬성했다.

문어는 높은 돌덩이 위에 '턱'하니 버티고 앉아 회의를 진행했다. 곰치한테 잘린 다리하나가 뭉텅하게 보기 사나웠다.

"그럼 지금까지 두 가지 의견이 나왔는데 어느 의견이 좋은지 결정을 하기 위해 여러분들에게 묻겠다."

문어는 회의 의장답게 점잖게 말을 하며 폼을 잡았다.

"힘이 센 고기로 하자는 가족은 오른쪽으로 꼬리를 치고 선거로 하자는 가족은 왼쪽으로 꼬리를 쳐라."

"그럼 나는?"

꼬리 없는 민꽃게가 물었다.

"민꽃게는 다리를 이용하고. 나는 발로 하겠다."

점박이와 돌돔, 곰치만 오른 쪽으로 꼬리를 쳤다. 그 외는 전부 왼쪽이었다. 이를 본 문어는 자기 발을 세 번 돌에 '탁 탁 탁'쳤다.

"발이 아프겠다."

어린 왕눈이 혼자소리 같이 말했다.

"그럼 절대 다수가 왼쪽이므로 선거로 대장을 정하도록 하겠다."

왼쪽으로 꼬리를 친 어초가족들은 자기들의 의견이 채택되어 기분이 좋은지 아가미를 벌름거렸다.

"그럼 어떤 방법으로 선거를 할까?"

돌돔은 돌돔대로 곰치는 곰치대로 같잖다는 듯이 말없이 보고만 있었다. 선거를 해도 힘이 센 자기들이 당연이 될 터인데 왜 이렇게 복잡하게 하는지 모르겠다는 표정이었다.

"추천을 받아 조금 전 찬 반 의사 결정을 하듯이 하면 안 될까?"

까치복이 말했다.

"다른 의견은?"

"까치복 의견에 찬성이다."

쥐치도 망상어도 왕눈이도 이구동성으로 쥐치의 의견에 찬성했다.

"자, 그럼 추천해."

"나는 돌돔을 추천한다."

점박이가 돌돔을 먼저 추천했다.

"나는 왕눈이를 추천한다."

쥐치가 왕눈이를 추천했다.

"또 없냐?"

더 이상 추천이 없었다. 곰치가 은근히 기대했지만 아무도 추천하는 사람이 없었다.

"그럼 선거에 앞서 추천자 두 분에게 우리 어초마을을 어떻게 이끌어 나갈지 한번 의견을 들어보는 것이 어떨까?"

"좋은 생각이야."

여기저기서 좋다는 의견이 나왔다.

"그럼 먼저 돌돔부터 나와."

돌돔은 곰치라면 몰라도 왕눈이 정도야 상대가 안 된다는 듯이 잔뜩 자신 만만하게 앞으로 나왔다.

"나는 왕눈이보다 힘이 셉니다. 힘으로 우리 마을을 지키겠습니다. 우리 마을이 비좁으면 바위마을이나 암초마을을 빼앗겠습니다."

"다음은 왕눈이 나와."

문어가 이렇게 말하자 왕눈이는 한 걸음 앞으로 나섰다.

"힘으로만 마을을 지킬 수 없습니다. 돌돔보다 힘센 고기들이 얼마든지 있습니다. 우리가 뭉쳐야 합니다. 우리가 뭉치면 얼마든지 큰 고기들을 물리칠 수 있습니다. 남의 집을 뺏으려고 해서는 안 됩니다. 우선 우리 집에 쌓인 모래를 쓸어내면 아직은 비좁더라도 살 수 있습니다. 우선 미역과 청각 우뭇가사리를 덮은 모래부터 하루빨리 쓸어내야 합니다. 해초들이 건강하게 무성하게 자라야 우리의 먹이인 플랑크톤이 모여들뿐 아니라 우리들의 어린것들이 놀고 숨기도 좋으며 여러분들의 산란장소가 될 것입니다. 나는 이런 것들을 위해 앞장서겠습니다."

왕눈이 제법 길게 의견을 말했다.

"야, 말 잘한다. 우리한테 딱 맞는 말을 한다."

돌돔을 추천했던 점박이마저도 왕눈이의 의견에 감탄을 했다. 다른 어초가족들도 옳다는 듯이 전부 아가미를 벌름거렸다.

"그럼 이제 선거에 들어가겠다. 선거 방법은 먼저 번과 같은데다만 돌돔을 지지하는 가족은 꼬리지느러미를 오른쪽으로 세 번을 흔들고 왕눈이를 지지하는 가족은 왼쪽으로 세 번을 흔들도록 한다."

문어 의장의 말이 떨어지자 어초가족들은 옆 가족들의 눈치도 볼 것 없이 돌돔과 곰치를 제외하고는 전부 꼬리지느러미를 왼쪽으로 힘차게 세 번을 흔들었다. 만장일치와 마찬가지였다.

"만장일치로 왕눈이 어초마을의 대장이 되었음을 선언한다." 문어가 또다시 자기 발을 세 번 돌 위에 '탁 탁 탁' 치며 엄숙히 선거결과를 발표했다.

어초가족들은 전부 지느러미를 살랑거리고 아가미를 벌름거렸다.

"감사합니다. 우리 마을을 위해 노력을 다하겠습니다. 저를 믿고 따라주십시오. 그럼 당장 모래부터 치웁시다."

왕눈이 대장 당선 인사를 이렇게 말하며 앞장을 섰지만 곰치와 돌돔은 그 자리에서 꼼짝을 하지 않았다. 왕눈이를 대장으로 인정하지 않겠다는 뜻이기도 했다.

"아무리 불만이 있더라도 다수결의 의견에 따라야 한다. 그것이 민주주의고 우리 마을을 지킬 수 있는 길이다."

문어가 알아듣게 말했지만 그래도 돌돔과 곰치는 따라오지 않았다.

"야! 너희들 왕따 당하고 싶어?"

문어가 다그쳤다. 곰치는 쪽팔린다는 듯이 삐트적삐트적 따라왔고 돌돔은 '횡'하게 마을을 나가 버렸다.

돌돔을 제외한 어초가족들은 돌 틈 사이의 모래를 입으로 불고 꼬리로 쓸어 열심히 청소를 하고 있었다. 왕눈이대장은 특히 미역과 청각 우뭇가사리를 덮은 모래를 조심스럽게 불어냈다.

"정말 고마워."

미역과 청각 우무가사리들이 모래에 덮여 숨을 제대로 쉬지 못하고 있다가 그제야 숨을 제대로 쉴 수 있자 '휴'하고 깊은 숨을 몰아쉬며 어초가족들에 고맙다는 인사를 했다.

17. 상어와의 혈투

햇살이 꼬리를 감추고 까치놀이 질 무렵이었다. 선거에 불만을 품고 '휭'하니 마을을 나갔던 돌돔이 언제 그랬냐는 듯이 헐레벌떡 마을로 돌아왔다.

"애들아! 큰일 났다."

자기 행동에 미안했는지 아니면 열심히 일을 하고 있는 것에 미안했는지 왕눈이대장과는 눈도 맞추지 못하며 숨넘어가는 소리로 말을 했다.

"뭔데?"

곰치가 물었다. 다른 어초가족들은 '쿵'하고 코웃음을 치며 그의 말을 듣는 척도 하지 않았다.

"윗마을에 어제 상어가 나타났대."

상어라는 말에 그제야 전부 일손을 놓고 돌돔을 바라봤다.

"큰일이구나. 그래, 어떻게 됐는데?"

왕눈이대장이 가슴이 철렁 내려앉은 기분으로 물었다.

"줄 초상났지 뭐. 잡아 먹이고 도망가고, 마을이 텅 비었어."

"큰일 났다. 그럼 우리 마을에도 올지 몰라."

어초가족들은 상어가 지금 나타난 듯이 모두들 벌벌 떨었다.

왕눈이대장은 어초할아버지 생각이 났다. 이럴 때 어초할아버지가 있었다면 좋은 방법을 가르쳐 주실 텐데……그러나 이제 왕눈이가 대장이다. 앞장서서 어초가족들을 이끌어야한다.

"너무 겁낼 것 없습니다. 지금 당장 오는 것도 아니니 진정들 합시다. 잘 생각하면 좋은 방법이 있을 것입니다. 각자 좋은 방법들을 생각해 보고 내일 아침 만나서 서로 의견을 나누도록 합시다."

왕눈이대장은 일단 어초가족들에게 이렇게 말을 하여 안심을 시키고 집으로 돌아왔지만 잠이 오지 않았다. 달빛이 어초마을까지 희미하게 비춰들었다. 보름달인 것 같다. 다른 가족 몰래 살랑살랑 바다 위로 올라갔다. 간혹 뭔가 생각나지 않을 때 하는 버릇이다. 별들이 달빛을 따라 바다 위에 내려와 소곤거렸다. 먼발치로 배 한척이 지나간다. 이렇게 아름다고 평화로운 바다에 왜 상어란 무법자를 살게 하여 우리를 불안하게 하고 태풍은 왜 만들어 우리 마을을 파묻고 어초할아버지를 파묻고……;갑자기 어초할아버지의 말씀이 생각났다. '뭉치면 못할 것이 없다'는 말씀, 그래 우리가 뭉치면 상어라도 함부로 하지는 못할 것이다. 왕눈이대장은 마음속으로 뭉치자는 다짐을 하며 집으로 내려왔다.

아침이 왔다. 태풍이 쓸고 간 상처 난 바다를 어루만지듯이 아침 햇살은 더욱 부드러웠다.

왕눈이대장은 어초마을 앞에서 어초가족들이 모여들기를 기다렸다. 어초가족들은 하나 둘, 상어를 막아 낼 어떤 좋은 방안이라도 있는가 하고 서로 눈치를 보며 모여들었다. 왕눈이대장은 어초가족들이 다 모여든 것을 확인하고는 말을 시작 했다.

"여러분! 혹시 상어를 막아 낼 좋은 방법을 생각했나요?"

아무도 대답이 없었다. 다만 왕눈이대장의 커다란 눈만 바라보고 있었다.

"이제 우리는 힘을 합쳐 스스로 생각하고 판단해서 행동해야 합니다. 나는 어제 밤에 어초할아버지의 말씀을 생각했습니다. '뭉치면 못할 것이 없다'는 말씀 말입니다."

"그렇지만 아무리 힘을 합치고 뭉친다 하더라도 그 크고 흉포한 상어와 어떻게 싸워 이겨?"

까치복이 말했다. 곰치와 돌돔은 웃긴다는 식으로 멀찌감치 떨어져 한눈을 팔고 있었다.

"그렇지만은 않습니다. 우리는 부모로부터 자신을 보호할 수 있는 무기를 하나씩 가지고 태어났습니다. 생각해 보세요. 돌돔은 힘이 셉니다. 곰치는 날카로운 이빨을 가지고 있습니다. 까치복은 무서운 독을 가지고 있습니다. 문어는 먹물 총을 가지고 있습니다. 민꽃게는 무서운 힘을 가진 집게발이 있습니다. 쥐치와 나는 칼 같은 등지느러미를 가지고 있습니다. 이만하면 해볼 만하지 않습니까?"

왕눈이대장은 이렇게 겁을 먹고 있는 어초가족들을 설득했다.

　"그럼 어떻게 하면 힘을 합쳐 상어를 퇴치할 수 있는지 구체적으로 말을 해 봐."

　왕눈이대장을 무시하던 곰치가 자기를 인정해 주는 왕눈이대장의 말에 슬며시 관심을 보였다.

　"그럼 내가 생각나는 대로 말을 할 테니 잘 들어보세요. 상어도 상대가 큰 고기 같이 보이면 함부로 잡아먹으려하지 못할 것입니다. 우리가 큰 고기 같이 보이게 하기 위해서는 서로 흩어지지 말고 뭉쳐서 움직여야 합니다. 다음은 상어는 빠르기는 하지만 몸이 크니까 빨리빨리 회전하지 못합니다. 이를 이용해서 우리는 상어를 지치게 해야 합니다. 만약 이것도 불가능하다면 자기희생을 각오한 특공대가 되어야 합니다."

　"특공대라면?"

　곰치에 이어 돌돔도 그제야 왕눈이대장의 말에 관심을 가졌다.

　"문어가 먹물 총을 쏴 상어가 정신을 차리지 못할 때 다 같이 상어에 달려들어 총공격을 하고 그것도 불가능 하다면 각자 자기가 가진 무기로 자신을 희생해서라도 우리 마을을 지키는 것입니다."

　왕눈이대장은 무엇보다 돌돔이 마음을 돌리는 것이 기분이 좋아 처음 생각지도 않았던 자기희생이란 말까지 생각하게 되었다.

　어초가족들은 왕눈이대장의 상어퇴치 계획을 듣고 너무 놀라

벌린 입을 다물지도 못하고 존경하는 눈초리로 왕눈이대장을 바라봤다.

"정말 우리 대장 잘 뽑았다. 그치?"

"그래."

어초가족들은 너 나 할 것 없이 왕눈이대장을 칭찬했다.

이렇게 하여 어초가족들은 상어가 나타나면 서로 뭉쳐 싸우기로 했지만 예상과는 달리 상어는 나타나지 않았다.

불안한 며칠이 흐른 어느 날이었다. 혹돔 한 마리가 어초마을에 나타났다. 모두들 이마에 툭 튀어나온 혹이 무서워 슬슬 피하니까 이 혹돔은 무서울 것이 없다는 듯 어초마을 이곳저곳을 이마의 혹으로 툭툭 치며 돌아다녔다.

"나쁜 놈!"

밤새 먹이사냥을 하고 잠을 자던 곰치가 놀라 눈을 뜨고 행패를 부리며 돌아다니는 혹돔을 노려봤다.

"저놈을 그냥 둘 수는 없지."

곰치는 이렇게 각오하고 기회를 엿보고 있었다. 마침 혹돔이 집 앞을 지나자 이때를 기다렸다는 듯이 곰치는 용수철처럼 튀어나가 혹돔을 꽉 물었다. 아무리 용감한 혹돔이라도 당하지 않을 수 없었다. 하지만 혹돔도 계속 당하지는 않았다. 물고 받고 난장판이 벌어졌다. 어초가족들은 좋은 구경거리라도 생긴 듯 멀찌감치 서서 이들을 지켜보며 한 마디씩 했다.

"곰치가 짱이다 그치."

"혹돔 자식, 힘만 믿고 까불다 맛 좀 봐야 돼."

어초마을 주위에는 이들이 흘린 피로 비린내가 진동을 했다.

"이제 그만 해. 피 냄새를 맡고 상어가 올 지도 몰라."

왕눈이대장은 염려가 되어 싸움을 말렸다. 곰치도 그제야 아차 싶었는지 싸움을 멈췄다. 그러나 이미 때는 늦었다. 멀리서 '쉬익'하는 소리가 들리는가 싶더니 금새 상어 한 마리가 나타났다. 번개같이 빨랐다. 벌린 입안에는 톱니 같은 이빨이 촘촘히 서 있고 작은 눈은 생쥐처럼 번뜩거렸다. 그러나 생각보다는 어린 상어였다.

"상어다, 상어! 상어가 나타났다. 빨리 뭉쳐라"

피 냄새가 불안하여 위쪽을 감시하던 왕눈이대장이 숨넘어가는 소리를 질렀다.

어초가족들은 커다란 고기처럼 보이게 뭉쳤다. 왕눈이대장이 앞장을 섰다. 상어 주위를 뱅글뱅글 돌았다. 그래도 상어는 쉽게 물러가지 않았다.

"총공격."

왕눈이대장이 공격명령을 내렸다. 문어가 튀어나오며 먹물 총을 '찍'쐈다. 동시에 어초가족들이 방향을 잃고 허둥거리는 상어를 집중 공격했다. 민꽃게는 눈을 공격하고 곰치는 상어의 하얀 뱃바닥을 물고 늘어졌다. 다른 어초가족들은 공격할 사이도 없었다.

혼이 난 상어는 몸부림을 치며 곰치와 민꽃게를 간신이 몸에서 떼어내고 도망을 쳤다.

문어와 곰치와 민꽃게는 개선장군처럼 몸을 으스댔다.

"상어도 별것 아니네."

"그래! 정말 용감했어. 짱이야. 이렇게 뭉치면 되는 거야."

왕눈이대장은 이들을 격려하고 위로 했다.

"처음 곰치가 오는 것을 우리가 반대 할 때 어초할아버지께서 다 쓸데가 있다 고 한 말이 생각 나."

까치복이 가슴을 쓸어내리며 한마디 했다.

"그렇지만 이번 상어는 아직 어리고 순한 상어야. 곧 이어 크고 사나운 청상어리가 나타날 지도 모른다. 절대 마음을 놓아서는 안 된다."

왕눈이대장은 어린 상어 한 마리와 싸워 이겼다고 어초가족들이 너무 뽐내고 거들먹거리는 것이 걱정스러웠다.

어초가족들이 상어와 싸워 이겼다고 들떠 있는 사이 곰치에게 물린 흑돔은 피를 흘리면서 비실비실 어초마을을 벗어나고 있었다. 이때였다.

"상어다! 큰 상어다."

쥐치가 산란을 위해 먼저 마을을 나갔다가 기겁을 하며 들어왔다. 모여든 물고기들이 놀라 모두 쥐치가 들어온 쪽을 바라봤다. 정말 큰 청상아리였다. 조금 전에 쫓겨 갔던 상어보다 몇 배나 컸다. 짙은 청색의 등과 흰 뱃바닥과 칼날 같은 이빨, 그리고 독사 눈깔 같은 눈을 뻗뜩거리며 쏜살 같이 달려 왔다.

"큰일 났다. 우리가 감당할 수 있을지 모르겠다."

어초가족들은 불안 했다.

"먼저 번처럼 용기를 내어 큰 고기처럼 뭉칩시다."

왕눈이대장은 큰소리를 쳤지만 사실 겁이 났다. 엄청난 덩치에 칼 같은 이빨을 도저히 감당 할 수 있을 것 같지 않았다. 그렇다고 가만히 앉아서 당할 수만은 없었다. 자기는 이 어초마을에 대장인 것이다.

왕눈이대장은 앞으로 나섰다. 다른 어초가족들도 따라나섰다. 어린 것들을 가운데로 하여 왕눈이대장을 따라 큰 고기처럼 원을 그리며 빙글빙글 돌았다.

상어는 속지 않았다. 어초가족들이 빙글빙글 돌고 있는 사이를 뚫고 뭉친 어초가족들을 흩어놓았다. 다음은 흩어진 어초가족들을 잡아먹을 것이다.

"돌격!"

왕눈이대장이 돌격명령을 내렸다. 더 이상 지체할 수가 없었다.

문어가 재빨리 상어 앞으로 튀어 나가며 먹물 총을 한방 '찍' 쐈다. 이어 곰치가 쏜살같이 나가고 민꽃게가 나가고 왕눈이대장과 다른 가족들도 일제히 달려들었다. 어림없었다. 먹물은 상어의 휘젓는 몸짓에 순식간에 흩어지고 날카로운 곰치의 이빨은 상어의 살을 뚫기는커녕 오히려 상어의 꼬리에 맞아 나자빠졌다.

"아이쿠! 나 죽는다."

이어 민꽃게가 상어 머리에 붙었다가 흔드는 머리에 큰 집게발을 잃고 나자빠졌다. 왕눈이대장과 쥐치와 돌돔들도 상어의 몸부림에 나가떨어지고 말았다.

상어는 화가 났는지 행동이 사나워졌다. 비실거리며 도망가던 혹돔 부터 잽싸게 물어뜯었다.

다음은 어초가족일 수밖에 없었다. 아무 역할도 못하고 상어의 몸부림에 나가떨어졌던 까치복이 갑자기 이를 뽀도독 갈더니 배를 터질 듯이 부풀렸다.

"나는 어초마을의 돌격대다. 복어 독, 맛 좀 봐라."

까치복은 사정없이 혹돔을 삼키고 있는 상어 입 속으로 돌격해 들어갔다.

"저런! 저런!"

부들부들 떨고 있던 어초가족들은 순간 눈을 감았다.

상어는 '캑캑'거렸다. 입안으로 들어간 까치복을 뱉으려고 했지만 뱉어지지 않았다. 얼마간 몸부림을 치더니 차츰 힘을 잃어 갔다. 급기야 서서히 바다 밑 모래바닥으로 떨어지고 말았다.

이런 광경을 보고 있던 어초가족들은 자기들을 살리기 위해 스스로 목숨을 던진 까치복에 대해 모두들 고개를 숙였고 일부 어초가족들은 암놈 까치복을 위로했다.

"정말 훌륭한 남편입니다. 우리 어초마을에 그 이름이 길이 빛날 것입니다."

암놈 까치복은 말없이 눈물만 뚝 뚝 흘리고 있었다.

상어가 죽어 모래바닥에 떨어진지 얼마 지나지 않았다. 어디서 왔는지 먹장어가 상어 시체에 달라붙었고 불가사리와 해삼도 몇 마리 상어 창자 속으로 파고들었다. 그들도 복어 독으로 곧 죽고 말았다.

이렇게 하여 어초가족들의 뭉친 힘과 까치복의 희생으로 어초마을은 다시 평화를 찾았다. 그러나 어초마을은 만원이었다. 너도 나도 알을 낳아 새끼들을 많이 키워 어초가족들이 늘어났고 파도에 모래가 조금씩 조금 씩 덮어와 점점 좁아졌기 때문이었다.

왕눈이대장은 고민이었다. 만원인 어초마을을 어떻게 하던 해결해야하기 때문이었다. 결국 생각하고 생각한 것이 파도에 덮인 모래를 더 쓸어내고 해조류가 많이 붙게 하여 바다 숲을 만드는 것이었다.

왕눈이대장은 어초가족들을 불러 모았다.

"지금 우리 어초마을은 아시다 싶이 만원입니다. 어떻게 하면 이 만원을 해결할 수 있겠는지 좋은 의견이 있으면 말씀 해 주십시오."

상당기간 침묵이 흘렀다.

"좋은 의견이 없습니까?"

왕눈이대장이 다시 한 번 의견을 묻자 자기 집이 모래더미에 묻혀 집을 잃고 여기저기 방랑생활을 하던 곰치가 입을 열었다.

"일부 고기들은 다른 동네로 이사를 갔으면 합니다."

"어떤 고기들 말입니까?"

"알을 많이 낳아 식구가 갑자기 불어나게 하는 고기들인 자리돔이나 또……."

"또 뭣입니까? 우리 뽈락을 말하는 것입니까?"

곰치는 왕눈이대장 식구를 말한 것이 좀 미안한지 한쪽으로 얼굴을 돌리고 눈치를 살폈다.

"그건 말이 안 됩니다. 다 같이 개척한 이 마을인데 알을 많이 낳는다고 떠나라면 그게 말이 됩니까?"

왕눈이대장의 말에 모두들 고개를 끄덕이며 수긍하는 표정이었다. 이에 왕눈이대장은 주위를 한 번 더 둘러보고 더 이상 의견을 말하는 고기들이 없자 천천히 말을 시작했다.

"여러분, 우리 어초마을이 여러분들의 새끼들이 많이 탄생하여 현재 만원이기는 하나 그 보다 파도에 우리 마을이 모래에 파묻혀 더 작아졌기 때문에 더 만원이 된 것입니다."

모두들 그건 그렇다는 듯이 아가미만 불룩거리며 왕눈이대장의 입만 처다 봤다.

"그래서 모래에 파묻힌 우리 동네를 발굴하자는 것입니다."

"무슨 재주로 그 많은 모래를 다 치우자는 것이야! 지난 번 태풍 때 청각하고 미역 위에 씌어 있던 모래를 쓸어내는 것도 얼마나 힘들었는데."

"글쎄 말이야."

여기저기에서 구시렁거리는 소리가 들렸다.

"우리는 할 수 있습니다. 비록 당장은 힘들겠지만 우리가 합심하여 매일 조금씩이라도 부지런히 지느러미로 털어내고 입으로 불어낸다면 불가능 하지는 않을 것입니다."

왕눈이대장은 이렇게 말을 하며 설득해 갔습니다. 왕눈이대장의 솔선수범과 설득으로 어초마을 가족들은 하나 둘 왕눈이대장을 따라 마을을 덮친 모래들을 부지런히 지느러미로 털어내고 입으로 불어냈다. 모래에 덮었던 돌들이 하나 둘 몸통을 드러냈다. 비록 처음 어초마을처럼 어초할아버지가 있는 곳 까지는 발굴하지 못했지만 상당부분 발굴되어 그 몸통에는 알록달록한 산호초와 다시마까지 뿌리를 내렸다. 미역과 청각 우뭇가사리들도 무성하게 자라 어초마을에 바다의 숲이 만들어졌다.

바다의 숲은 어초가족들의 알을 품어주고 태어난 새끼들을 안아줬다. 많은 플랑크톤을 모이게 하여 어초가족들에게 풍부한 먹이를 제공하게도 했다.

만원인 어초마을은 이렇게 하여 평화롭고 풍요로운 마을이 되었다.

끝